万物春生

林为攀———

著

北京出版集团公司
北京十月文艺出版社

目录

乌鸦巢

族长喜欢爬树。

每年冬天，族长都会在大雪封山前把老槐树上的乌鸦巢摘下来。他先把手杖靠在那块石头上，然后再坐上去脱掉自己的布鞋，冰冷的石头经常让刚坐上去的族长跳起来。他的手里拿着那只脱下的破布鞋，单腿站立着，眼睛看看这，望望那。族长老了，已经无法像年轻时靠一只脚就能跑过其他人，更不用说独脚站立了。那只没穿鞋的脚很快会碰到地面，他只好弯下腰先将鞋子穿上，还没弯腰，他的身子就好像裂开了，只好光着一只脚，一瘸一拐地绕树找能垫屁股的东西。

树的四周都是枯草。老槐树的叶早在秋天结束之前随着最后一场秋雨，落在地面，随雨水一起被冲刷到每一条沟渠。

最后他扯来一把枯草，铺在石头上。枯草刺满了他全身，弄脏了他那件宝贝得过分的长衫。他坐在有枯草铺垫的石头上，脱下了另一只布鞋。这时，他就要靠第三只脚帮他站起来，但第三只脚也就是那根手杖竟不翼而飞了，直到看到被磨得圆润光滑的手杖柄在枯草里若隐若现，他才会将心放回肚里，然后用手去摸手杖，有时会摸到冻硬的牛粪，有时会拿到一根枯枝，每当这时，他那张老脸就会笑得像被水浸泡的脚指甲，真怕他的眼睛鼻子牙齿会被冷风掰落。直到摸到手杖柄，他的老脸才会恢复成不易亲近的老样子，他一把将手杖像条蛇一样拖出来，然后支撑他来到这棵又老又皱的槐树前。

把手杖靠在树干上，他就要爬树了。受人尊敬的族长倪乾南爬树时好像也在训诫后辈，完全绷着脸，不苟言笑，其实哪有人看他，要不是我每年冬天的睡眠都很浅，我才懒得透过那张贴了福字的窗棂看他呢。奶奶在屋里纳鞋底，一点都不知道她心目中像杆秤一样公平公正的老族长正在树上左摇右晃。

我好几次想让奶奶来看，但她的眼睛就快不好使了，只要隔几米远，她连畜生和她的孙子都分不清，总是将正在啃草的牛当成我，二话不说就揪住"我"的耳朵，让"我"赶紧滚回家吃晚饭。直到牛发出哞哞声，快用牛角将她顶到沟里时，她才会知道原来又认错孙子了，赶紧撒手，忙跑到别的地方找我，边跑还边怪哪个不长眼的王八蛋又把牛放出来偷吃别人家的稻子。

奶奶是个热心肠的人，其实她关心庄稼胜过关心我，总是在还没找到我之前就去别人家告状，不是说再晚一步你家的几亩稻子就会一颗不保，就是说你这缺德鬼怎么又把牛放出来偷吃稻子。听到奶奶话的人就会大惊，赶紧跑到稻田，发现自家的稻子在稻田好端端地压着穗，屁事没有，就会笑笑摇摇头，骂一句，这老不死的越老越糊涂了；听到奶奶话的人吓坏了，连鞋都没穿就去牛圈看牛，发现水牛真不在牛圈了，赶紧跨出门槛，远远地就看见牛晃着吃饱的牛肚走来，身后跟着那个从自己肚里屙出的小兔崽子，忙问怎么回事，最后才发现原来是我奶奶搞错了。

虚惊一场的两家人就会同时冲我奶奶离去的方向叹口气："唉。"

奶奶还以为自己做了好事，回去的路上高兴得跟个小孩一样，看到我早在饭桌上坐定，也不知道是故意的，还是真的年老多健忘，嗔怪我为什么不叫她回来吃晚饭。刚开始，我还会解释几遍，后来看她对我的解释压根不放在心上，索性也就死了心。说来奇怪，她虽然几次都把她的孙子认错，但对自己的饭碗却认得比谁都清楚，有时候忙乱的母亲误把自己的碗放在她的面前时，她就会把放错的碗和母亲的调换。

"我的是有缺口的，你的是没有缺口的。"奶奶说。

奶奶的碗之所以是固定的，是因为她一直觉得自己得了尚未被发现的传染病。她除了眼睛有点问题，全身上下都像原始包装的一样，运转良好。但她一直觉得自己有病，而且是大病，不知道哪天就会把病传染给家人，带着全家人一起见上帝。这种话搁平时还没什么，要是在逢年过节说，就会被父亲凶。奶奶这时就会像做错事的孩子，乖乖吃饭，不敢再多说。吃完后，又会拿起那个每年缝补的鞋底，补个没完没了。

谁都说不清，奶奶为什么看不见大的东西，比如她的孙子——我，但对一些小的东西，比如她手上的针线，却明察秋毫。她那双鞋子每年过年前都会做好，但还没穿上脚，只是放在涂满大红漆的柜子上显摆几天，又会拿起来，拆掉重新做。自我姐姐出生以来，她就开始了这种徒劳无功的劳作，迄今已经十四年了，按理说到今年她应该做了有十四双鞋了，可事实是从始至终只有这双不是正在做的鞋就是已经做好的鞋。这双由布和针线组成的鞋，就像窗外那个乌鸦巢，虽然每年都能看见，但总在过年前几天就被那个顽固不化的老族长摘下来。

老族长已经摘到乌鸦巢了。他没将它丢到地上，而是戴在头上，像一顶为他量身定制的帽子，戴在他头上别提有多合适了。相比于上树的艰难，下树就容易多了，只见他抱着树干轻巧地滑到了树下，穿上鞋，握好手杖后，头上的乌鸦巢就会迎来每年冬天的第一场雪。雪花染白了黑色的巢穴，让受人尊敬的老族长像戴着孝帽子一样行走在准备辞旧迎新的家家户户门口。这样的场景与这个喜庆的日子格格不入，但没人会说什么。据我奶奶说，很多年前，族长在每年的年末都会戴着一顶孝帽子，送走他的婆娘，然后是他的儿子，最后是他的孙子。不知道是他的命硬让他白发人送黑发人，还是他的家人都太过脆弱，总之，在族长最不愿提起也是最悲伤的那几年，每个人都对此事三缄其口，即使连最不识相的小孩都不敢开他玩笑。为了让孤独至今的老族长能感受到过年的喜庆，从很多年前就开始了每家轮流接老族长到家里过年的习惯。

今年刚好轮到我家。

族长走到我家门口时，提醒我那忙前忙后的父母，到时别忘了叫人来提醒他。父母脸上虽有不悦，但还是保持着对一个老族长适度的尊敬。我已经穿好衣服准备吃早饭了，见到老族长头顶鸟窝，终于还是没憋住笑。父母白了我一眼，好在他已经走远了，没有听到。我不明白，他既然知道今年来我家过年，为什么到时不直接来，还得别人去叫。不用说，这次肯定又是我去叫。说实话，我不喜欢他家，每次从他家走过时，他的屋子里老是飘出难闻的味道，而且在家家都通电的时候，他还是点蜡烛。每到夜里，别人家里都灯火通明，就他家跟个死人屋子似的，没个人气儿。

于是我想起了姐姐。

姐姐从很早开始就忙活起来了，在年味还一点都不浓的时候她就要打扫庭院，抹床洗被，还要将五个房间的门窗都擦一遍，最后从衣柜里拿出一大堆衣服，分数次去溪里洗。衣柜里的衣服都是旧衣服和破衣服，都是我和姐姐穿不了、父母穿破的衣服。但不知道为什么，一直没有丢，每年洗完晒干后又原封不动地放进去填满衣柜，等来年又掏出来洗一遍。很多时候，大人的世界我总是搞不懂。

而且，我家虽然有五个房间，但是只用了四间，一间是父母的，一间是客厅，一间是厨房，我和奶奶姐姐共住一间。母亲说，留下的一间是给我长大后娶媳妇住的。

"那姐姐的呢？"我问。

"她那时候就嫁人了，还要什么房间。"母亲说。

我哭了，在我的印象中，嫁人是件很痛的事情，就像那些从别的地方嫁过来的小媳妇每天都以泪洗面，要是不痛，她们怎么会每天掉眼泪。我只有磕破膝盖，或者被狗咬的时候，才会痛得流眼泪。敢情嫁人比摔破膝盖和被狗咬还痛啊。

而且，我看那些小媳妇嫁过来后并没有专门的房间，姐姐到时嫁人了能分到一间属于自己的房间吗？但是母亲没有回答我的问题，她又去忙了。我好像已经看到姐姐每日流泪的样子，便先让自己脸上挂两行泪，饭都没吃就去溪边找姐姐。

她五六点就起床去洗衣服了，现在都快九点了还没洗完。经过庭院的时候，我看到那些洗干净的旧衣破衫被晾在衣架上，看到自己以前穿过的衣服，我很快停止了哭泣，钻进飘动的衣服里去寻找自己的衣服。我在里面找到自己还是婴儿时的衣服，这几件衣服我在父母房间的照片里看到过，只是颜色没那么好看。我被父母抱在怀里，穿着其中一条开裆裤，露出了那个令人难为情的小鸡鸡。我是满脸不情愿，父母却是一脸开心。衣架里虽然有姐姐的衣服，但我从没看她穿过，我是说我没看过姐姐的照片。父母房间的那些照片，都是各个时期身穿不同大小衣服的我。

好几次我都想看以前的姐姐，但把父母的房间翻了个遍，还是没找到哪怕半张姐姐的照片。我以为是父母藏起来了，就去问母亲要。母亲非但不给我看，还吼我。于是我又去问奶奶，奶奶上了年纪，早把她那个孙女小时候的样子忘光光了，我小时候她喂我吃饭时的样子她倒是一点都没忘，还故作生气地骂我是最贪吃的小屁孩，她那时候一天要捣碎好几碗米饭，才能填饱我那个小小的肚子。

米饭需要用调羹捣碎，然后送到我嘴里。有时候奶奶还会趁父母不注意，偷懒，直接把米饭丢进自己嘴里嚼碎，然后再吐出来喂我。我一听自己小时候居然吃过奶奶的口水，就想吐，奶奶生气了，骂道："你这小兔崽子身上哪处我不知道，现在翅膀硬了嫌弃我了是吧。"

我只好吐吐舌头，安慰奶奶她的孙子不仅不会忘记她，长大后还会赚好多好多的钱给她花。奶奶这才转怒为喜。

"那姐姐吃过奶奶的口水吗？"我问。

"她啊，她好养活，随便塞几口硬米饭就能长大。"奶奶说。

　　本来我已经快把姐姐忘掉了，但在这些衣服里冷不丁看到姐姐小时候的衣服后，我又想起了那件很痛的事，于是我刚刚刹住的眼泪又不由自主地流出来了。姐姐提着一桶刚洗完的衣服回来了，我忙跑过去，拉住她的手问个不停。姐姐身上穿的衣服在大冬天里湿透了，害我以为她滑入溪里去了，让她赶紧去换，等会儿被爸妈发现会被打断腿的。

　　父母从来不让我靠近溪边，每次我看到很多小伙伴从溪里抓来小鱼，我就很羡慕，但是我不敢跟去，比起活蹦乱跳的小鱼，我可是更加害怕水里的怪物。现在姐姐居然不怕，还敢下水。她这下等死了，我要去告诉爸妈，看他们不把她的狗腿打断。但我很快放弃了，我看到姐姐提着那桶衣服走到晾衣架旁，她虽然比我大几岁，但个子却不高，就算踮起脚尖还够不到衣架，需要从墙角搬几块砖摞起来，才将将能把衣服晾好。

　　她站在砖上的样子让我想起了在树上摇晃的老族长。我笑了。姐姐回过头来看，不小心摔了下来，崴到了脚，她强忍痛楚，将桶放回厨房。我看到一瘸一拐的姐姐，不知道她痛不痛。在饭桌上，姐姐一直用眼睛瞪我，尤其在我要讲她做的好事时，她都会用咳嗽来打断我。

父亲问奶奶是不是她把砖头放到了院子里。

奶奶还在看眼前的碗是不是自己的那只，看到那个缺口时把心放回了肚里，然后腾出注意力回答父亲的问题。她唠唠叨叨，顾左右而言他，从几块砖唠到房子的事，还说她睡的那个房间越睡越冷。奶奶在瞎说，我跟她睡同一个房间都没感觉到冷，就在我准备拉上姐姐证明我的话时，旁边姐姐的位置居然空了。然后我就看到姐姐从厨房里出来，手上拿着碗，冲我做嘘的动作，我忙跑出去看，原来姐姐绕到厨房，早把庭院里的砖摆回到了原位，现在正装作从厨房添完饭出来的样子。这狡猾的姐姐。

父亲见奶奶神神道道，又去问姐姐。姐姐已经做好了被问的准备。在父亲问她时，她装作好像不是我们家人的样子，眨着一双大眼睛反问父亲："什么砖块？"

父亲起身走到门槛边，准备指给姐姐看。父亲还背对着庭院，面对着跟姐姐说话，他是个容易动怒的人，他为自己的女儿对这么明显的砖头视而不见感到怒不可遏。要知道，他虽然不直接负责家里的清洁卫生，但对家里的干净程度是有直接的、不容指摘的话语权。姐姐此举无疑踩到了父亲的尾巴，不让他发火才怪。姐姐知道自己在父母面前不要说做事，就是说话和走路要是不小心，都会引来父母的责骂，所以她从小到大轻易不开口，只有到万不得已之时，才会用细如蚊蝇的声音回答父母的问题。但这次，她不仅开口了，还回答得很大声，很有理有据，好像错的是父亲似的。

然而父亲也不急，他会用事实告诉女儿，父亲永远是正确的一方。父亲虽然多年来喜欢发火动怒，但每次的火都不是无名火，每次的怒都不是无来由的，这些怒火都是有翔实的证据作为依据的。所以他每次发的证据确凿的火都会令本来温馨的饭桌变得噤若寒蝉，只有轻微的吃饭咀嚼声，而且都不敢够远处的菜，只敢夹在自己面前的菜。只有我的几句吵闹会打破这令人窒息的沉默。

但这次，一直眷顾父亲的运气却在这个吃早饭的上午不见了。父亲说罢转过身，面对着庭院，将那个看起来高不可攀的后背对着姐姐，甚至挡住了妄图照射进来的阳光。他面前除了迎风吹起的各种衣服，并未有令他动怒生气的砖头，而且庭院的干净程度更是让他脸上红一阵白一阵，因为我此刻跑到了父亲旁边，得以直接窥见从不出错的父亲由于首次失误而引发的尴尬与恐慌。他甚至小跑着来到之前放置砖头的地方，试图找到一点砖头存在过的证据，即使一点砖屑也行。但没有，比擦过的屁股还干净。父亲又来到摆放砖头的墙角,看到那些砖头真的没有挪动过的痕迹,就在准备铩羽而归时,发现自己的手弄脏了,于是他把脏手悄悄地蹭了蹭衣架上的婴儿服,然后像找到证据似的,揪住他女儿的耳朵就拖过来让她睁开狗眼看看,衣服怎么没洗干净。

姐姐眼里噙着泪花,饭都没吃完就把这件婴儿服重新放到桶里提到溪边去洗。父亲望着女儿走远的背影,没说话,我拉了拉父亲的手,看到父亲冲我笑了,然后他把我抱起来,准备继续吃尚未吃完的早饭。

我没有心思吃饭,我不关心姐姐,只关心过几天要去老族长家的事。我本来想让奶奶代我去,但她见到族长就像老鼠见到猫一样,每次都不敢从他家门前走过,而是在他屋后绕一圈,然后扭着小脚一阵快跑。奶奶是个话很多的老人,不过她的话从没进过族长的耳朵,每次她和一大群人唠家常的时候,只要看到老族长的身影,就会把嘴闭上,然后借口回家做饭提前溜了,留下这群人在原地挠头,看来冬天确实日头短,午饭还没吃完多久,天又擦黑了。于是聚拢的人群像滴落在纸上的墨水,往自己家散去,最后看到老族长拄着手杖颤悠悠地过来,好心地提醒他别忘了回家吃晚饭。

老族长虽然看上去老得像块树皮，但脑子却还很清楚，尤其在冬天，他更是可以不用时钟就能知道时辰，所以他在下午三点的光景被人提醒要回家吃晚饭感到有点生气，他以为这些人在拿他这个老不死的开涮，丝毫不知道这些后辈比他还糊涂，老搞错时间。于是他将手杖重重地戳着地面，胡子高翘，说出的话让那些好心人脸红：

"这么早吃饭上床弄娃？"

这些人虽然在老族长面前是后辈，但一个个不是做了爷爷就是当了奶奶，早没了"弄娃"的兴致和精力，现在冷不丁地听到老族长这句话，都想起了年轻时没日没夜在床上"弄娃"的经历，所以他们每个人脸上都飞来一朵难为情的霞云。当然，他们的难为情也要因人而异，如果在比他们更年轻的人面前，他们不仅不会难为情，还会不停地说荤话，不是在新婚的小娘子面前开一些"油烟味过重的玩笑"，就是在像我一样的小孩面前说些不好懂的话。所以，从那个时候开始，我就知道只有长辈才有资格跟晚辈开玩笑，反之就会挨骂甚或挨打。比如每当别人逗我说是跟奶奶睡比较舒服还是跟姐姐睡比较舒服的时候，我要是反客为主说跟你妈睡比较舒服时，这些人就会向我父母告状，说我毛都还没长齐，脑子里就这么多乱七八糟的脏东西。

父母照旧赔笑脸，然后把我暴打一顿。父母的这种举动常常让我误以为他们不是我的亲生父母，我可能真如别人所说是"从垃圾堆里捡来的"。

于是我就会哭着去找奶奶，问奶奶那个生我的垃圾桶在哪里，我要回去。奶奶在灯光下抬起头，听到我要回去的话，感到很奇怪，这不就是你家吗？当奶奶知道我要认垃圾桶做父母的时候，就会笑得很大声，然后安慰我说，我不是从垃圾桶里捡来的，而是从母亲胳肢窝里钻出来的。然后我就被搞糊涂了，母亲的胳肢窝比根竹竿还细，我是怎么钻出来的？

但奶奶没再理我，又继续纳她的鞋底。为了搞清楚这个问题，我去找母亲求证，但想到这个坏女人刚打过我，我这么快过去找她说话有点没面子。所以我就采取暗地里调查的计划，每次看电视时，那些好人都用这种办法查出了真相。直到此刻，我才讨厌起冬天，因为在冬天，每个人都穿得很厚，只露出眼睛，要想偷看母亲的胳肢窝，必须在她洗澡时，但母亲在这么冷的天只在大年三十那天会洗澡，在此之前和在此之后都不会洗。

我犯难了。好几次在饭桌上故意扭着身子，装成身上有很多虱子的样子，想借此机会提醒母亲该洗澡了。但母亲却告诉我说，要在大年三十洗澡，早一天晚一天都不行。

"为什么？"我问。

"这样才不会变成牛。"母亲说。

从小到大，只要我在过年前不愿洗澡，母亲都会用这句话吓唬我。我不知道洗澡和变牛有什么关系，好几次去看躺在牛圈里的水牛，想着要是在大年三十那天给牛洗个澡，或许牛就会变成人，这样我家就会多出一个新成员，我就可以多一个妹妹。

但是牛太大了，看起来还很凶，我不敢靠近它。只有姐姐才能牵起它去溪边。看到去之前一身牛粪的水牛回来后总是湿淋淋的，我就知道在溪里洗过无数次澡的牛永远不会变成人，我多一个妹妹的愿望也永远无法实现了。于是我又想起了那个我从里面钻出来的胳肢窝，想让母亲再给我生一个妹妹。母亲听到这话后已经是大年三十那天了，她笑疯了，差点将我的头浸入木桶，她在给我洗那个避免变成牛的澡。

"妈妈，我是从你胳肢窝里出来的吗？"我终于敢开口问她了。

"谁说的，你是从我肚子里出来的。"母亲说。

看我不信，母亲撩起了衣服，我看到她腹部有一条蜈蚣一样的刀疤。她说生我时医生用刀将她肚子剖了一刀，然后就把我像拎鸡鸭一样从她肚子里拎了出来。

"很疼吧？"我问母亲。

"现在你还想要一个妹妹吗？"母亲问。

我不想了，我不想为了多一个妹妹再让母亲挨一刀。于是我环住母亲的脖子死活不撒手。我和母亲就这样因为一道刀疤和好如初了。

之后要是再有人说我不是母亲亲生的，我都会据理力争，并拿出母亲腹部那条刀疤做证。但那些人很奇怪，明明说着我的出生问题，却把话题转移到我母亲的身子上。每次在我说我母亲的身子长什么样时，他们的表情都像小偷一样，然后发出的笑声让我觉得很刺耳。从此以后，我再也不喜欢跟他们玩了。

我过的是一种一个问题接一个问题的生活，解决了一个问题，又出现另一个问题。现在我就为怎么说服姐姐去族长家的事而烦恼。姐姐从来都只听父母的话，她对我的话也要有父母在场的时候才会听。平时不是让我自己去玩，就是让我别烦她。所以这件事很棘手，要是实在不行，让姐姐陪我去也行。但姐姐这么忙，不知道能不能抽出时间。

　　姐姐去洗那件被父亲故意弄脏的衣服还没回来。我坐在门槛上心都等焦了。我看到那棵被老族长掏过鸟窝的老槐树被雪覆盖了，想起姐姐要在这么冷的天用冷水洗衣，赶紧从厨房拿出一双塑胶手套跌跌撞撞地去溪边。通往小溪的路铺满了雪，上面有很多脚印，有狗的，有牛的，更多的还是人的。虽然脚印很多，但是我能一眼认出哪些是姐姐的。在这些大人们踩出来的脚印中，只有姐姐的脚印是那么小，那么浅。我循着浅浅的脚印来到了溪边。

　　溪岸的褐草也被雪遮住了，踩在上面松松软软的，但是我没找到姐姐，岸边那些石头都在，看样子变肿了不少。我从这些石头里找姐姐，希望能及时将带来的手套给她，让她对我的主动示好感恩图报，然后答应我过年那天陪我去族长家。

　　流动的溪水让天上的铅云像被自行车碾过的轧痕，印出好看的图案。我喜欢轧痕，喜欢一切能把大地雕刻成各种形状的东西，比如此刻在我面前的雪花，就改变了我对这片最熟悉的土地的印象。在此之前的这片土地，颜色多得让我眼花缭乱，现在一场雪的降下，把红的、黑的、黄的、绿的都变成了白的。我喜欢这种简单的世界，让我不用过多思考，就像我喜欢过那种没有问题的生活。

我蹲下来捧雪，雪虽然很冰，但捧在我手心却让我感觉暖洋洋的。我将雪捏成我所认识的每一个人，先是族长的，他的脸太老了，但是所用的雪却最少，同样的还有奶奶的，这时我知道了每个人老去的标志，就在于他对这个世界的依赖越来越小；姐姐和我的脸都胖嘟嘟的，用了好几朵雪花，姐姐的小模样才成型，我看着姐姐的脸，说："过年你替我去族长家好吗？"但是她没回我。然后我又看自己的那张脸，装作很生气的样子叫道："我不理你了。"

父母的两张脸挨在一块，我把自己的脸尽可能地靠向他们，要是离姐姐过近，父母说不定又会故意挑姐姐的刺，现在我有求于姐姐，要对她好点，暂时和她站在同一阵线。所以，靠近我的脸的父母都是满含笑意的。而奶奶和姐姐挨在另一边，好像不是我们家人似的。

一家人的脸都在雪地里浮现，但好像真有一个不是我的家人。那就是族长。我本来想用脚擦掉他，让他消失在我跟前，可是今年他要和我们一家人过年，就先算半个家人吧。等过了这个年再说。

　　做完这些后，我的小手冻得冰凉，小脸也冻得通红，我这才想起夹在自己腋下的手套。于是我赶紧套上手套，但结果却让我大失所望。我的手指太细了，手套太宽了。我戴上手套就好像偷穿父亲衣服那样，一点都不合身。这双手套让我想起了最不愿意想起的事，为了尽早拥有父亲脸上的那种威严，我想了很多办法让自己快点长大。

　　奶奶说："要多吃点才会长得快。"于是我就不顾自己的肚子连一碗米饭都塞不下的事实，强行多吃了几碗。父母刚开始对我不挑食感到很满意，但见我每次都把自己吃撑打嗝，胀得难受，就不让我多吃了。

　　姐姐说："要多干活才会快快长大。"于是我抢过姐姐手里的扫帚，堂前屋后扫了一遍，我还没扫帚高，边扫边踩到扫帚，好几次差点摔倒，父母见到了，拔出我手里的扫帚，一把丢到姐姐面前，还扇了她一巴掌，姐姐强忍泪水，捡起扫帚，用眼剜我。

　　父亲说："要想长大先要认字。"于是我找出每年舅舅留在我家的书，从第一页开始看，可惜一个字都看不懂，好在上面有画，我就自欺欺人地告诉自己看画也等于认字。父亲检查我认字的成果，我抓着头说不上来。父亲对我这么快就将他教的字忘光了，摇了摇头，准备尽快将我送到幼儿园。

母亲说："平平安安才能长大。"于是我再也不敢偷去危险的地方。车多的马路和潭深的小溪从此以后再也没出现过我的身影，为了长大，我只好和我所热爱的马路和深潭告别，等我长大后，我就可以骑着车在马路上飞驰，脱光衣服在深潭畅游。可是几天过去了，我尽量避免了危险之地，我去量身高发现还是和几日前没变化。

最后我才知道原来问题出在衣服上。于是我就去偷穿父亲的衣服，对着父母房间的镜子看到父亲的衣服穿在了他儿子我的身上，我乐得忘乎所以。为了分享我终于长大成人的这一刻，我从父亲的房间出来，来到别人家门口，准备走过这一排门口，宣示在我身上发生的不可思议又令人着迷的变化。虽然裤子拖地，长袖遮手，但我心里的自豪却比那日的阳光还强烈。

于是我像只威武的公鸡，准备咯咯叫唤着自己内心的喜悦。我先走过第一个门口，真可惜，这扇大门紧闭，没有缘分得见我的英姿，我继续往前走，来到了第二个门口，好在这扇门没关，为了提醒门里迟钝的人，我足足在这扇门前来回走了好几圈，可是没有一点效果。我只好把希望寄托在第三扇门，这扇门不仅开了，还有人坐在门槛上抽烟。我像找到了知音一样，抻抻胳膊，踢踢腿，终于引起了他的注意，但是他没说一句话，反而在我面前走掉了，正在我准备继续往前走的时候，身后传来了很响的声音，我以为终于有人欣赏我的杰作了，却没想到我的耳朵突然一紧，然后父亲那凶狠的声音就像颗鞭炮在我耳边炸响。

我吓坏了，我虽然觉得自己长大了，但在真正是大人的父亲面前，还是小孩子一个，而且，不管再过多少年，我都改变不了自己在父亲眼里是一个小孩子的事实。我恨死了那个告密者，他让我丧失了年幼时唯一能成为大人的机会，也让我这个小大人在这么多小屁孩面前出尽了丑，丢光了脸。

我是在大家的笑声中被父亲拽回家的。相比来时的神采奕奕，我回去时就有些不那么光彩了。父亲让我闭门思过几天。我待在房间想了很久，越想越委屈，最后我倒在地上蹬腿撒泼，嘴里嚷道：

"骗人，你们骗人。"

现在这双手套又让我想起这不堪回首的一幕，于是我扯掉手套，让自己冰凉的双手在这个大雪纷飞的天气里变硬。就在我快冻得说不出话的时候，我突然发现不远处的岸边好像有块白石头挪动了。这块石头在一群沉默不语的石头中慢慢站起来，抖搂身上好大一片雪花，然后旁边一个稍小一点的石头也动了，一件刚从水里提出来、还未沾上雪的衣服就这样让我明白了这块会动的石头原来是我的姐姐。

姐姐的步子不稳，在雪地里摔了好几次，然后站起来拿上桶继续走。我想走上去，但我已经被雪、被雪带来的冷粘住了，动弹不得了。我吃力地扬起手上区别于白雪的红色手套，告诉姐姐她的弟弟来给她送温暖了。姐姐好像也见到了我，加快了步子，紧赶慢赶，终于滑到了我跟前。我通红的小脸，发硬的身子让她心疼坏了，二话不说就把我揽进了怀里，但姐姐身上好像比这片雪地还冷，我躲在她的怀里瑟瑟发抖，不过我的心倒是慢慢暖和起来了。

我仰起头将手套递给姐姐。姐姐和我一样都觉得这个手套一点都不温暖，于是将它丢进了那个仅有一件衣服的桶里，桶里快结冰了。姐姐拥着我往家赶。

但是我却还不想走，我想让她看我在地上画的她。姐姐看了看洁白无瑕的地面，什么都没看见，以为我被冻出毛病了，想把我抱起来，发现抱不动。

我的心血被这些雪花擦掉了，很生气，想再画一次。于是我挣脱姐姐的怀抱，准备伸出那几根已经没什么知觉的手指蘸雪。

姐姐见说不动我，作势要丢下我。我吓坏了，相比地上那个脆弱得经不起雪的姐姐，我对这个会生气会开心的姐姐可是更为在乎。

于是，我拔腿追上去，却发现姐姐停住了，然后我就看见父亲母亲爷爷奶奶迎面走来。我拉住姐姐的手，问她：

"姐，你过年陪我去族长家吗？"

姐姐没有回答我。

"族长家的母鸡会在乌鸦巢里下蛋呢。"我说。

姐姐还是不为所动，然后很快将自己身上的衣服脱下，穿在我身上。

孵石

　　我好几次在落雨的时候看到雌鸟将雏鸟从地上叼进巢，然后用打湿的翅膀护住受惊的小顽皮，就在那棵老槐树上。被关在房间的我只能通过巢里的雏鸟打发一个个被限制自由的寂寞时光。窗棂上贴的福字早随着新年的逝去而脱落了，我看到同样待在巢穴里寂寞的雏鸟，好像找到了同伴，稍微缓解了我空空的心。

　　它们安静地躺在巢里，露出那个小小的脑袋，它们在等待外出觅食的父母回来，但是等了很久都没等到，我也在等待父母回来，心想只要认个错，父母就能尽快把我放出来。这么想的时候，雏鸟好像听到了树外的动静，探出头去查看，我看到它们都有黄色的下巴，对每一个疑似父母的飞行者都张开自己的嘴，生怕迟一步就会吃不到从父母嘴里塞过来的食物。窗外好像也有动静，我赶紧跑到大门口去看，以为父母回来了，不是，打我门外经过的不是一头牛，就是一只鸡，这些牛和鸡将我心里升起的希望很快转化成失望。那些雏鸟大张着嘴，以为能很快饱餐一顿，但把嘴都撑裂了，还是没接到任何食物，那些飞行者不是一片被风吹落的树叶，就是在夕阳里低飞的蜻蜓。它们还没有能力捕食蜻蜓，只好眼睁睁地看着猎物在自己面前肆无忌惮地摆尾，旋转，飞舞。

我看到我的同伴每过一会儿就重复张嘴的动作，就像我每隔一段时间都会去门边查看父母回来与否。我们虽然都很快知道此举白费力气，但由于对父母发自肺腑的热爱，也由于从这种热爱中衍生而来的饥饿感，我们还是一次次地重复这种徒劳的动作。

刚才还是晚霞满天，才一会儿的工夫，乌云就压在了头顶。乌云的到来让我感觉快要变天了，但是我没有关窗阻挡即将到来的风雨，而是在由于起风而摇动的窗内再次燃起希望，因为下雨意味着父母很快回来了。

雏鸟的父母先回来了，它们嘴里叼着几条蚯蚓从很远的天边出现，快到老槐树上时，当空停住了，仅靠张开的翅膀托举着自己的身子，但是巢穴里却没有探出儿女那一双双热盼的眼睛，它们吓坏了，将翅膀用力扇动着。在巢里等得困意袭来并很快入睡的雏鸟终于从睡梦中醒来，不抱任何希望地将头探出，没想到等待它们的是一个意外之喜，所以它们内心的雀跃很快通过叽叽喳喳的叫声传到了我的耳里。

它们太着急了，连跳带跑地从巢里出来，没想到双双掉到了地上。与此同时，从乌云里蓄满的雨水终于撑破乌云的束缚，尽情地向大地挥洒，打在雏鸟父母的背上，让它们看上去如此不堪重负，越飞越低，就快碰到地面了。而掉在地上的雏鸟也不知道是摔疼了，还是真的饿怕了，依然张着嘴，叫个不停，小小的翅膀将泥水拍得到处都是。雏鸟的父母旋即俯冲而下，花了很大的力气才将它们叼回巢穴。

风雨像刀子一样从窗外扑进来，我只好关上窗，把雨水挡在窗外，在窗玻璃上摔碎的雨水很快模糊了我的视线。最后留给我的印象只是雌鸟用翅膀将雏鸟护在巢里的情景，我不知道最后那两只小顽皮有没有摔伤有没有吃饱。父母的声音在大厅里传来，我忙出去看，看到没穿雨衣的父母被雨淋湿了，我赶紧接过他们手上的农具，说：

"爸妈，我去烧水给你们洗澡。"

他们笑了。

就这样，他们允许我大雨过后就出去玩。我也笑了。

本来我都要忘记老槐树上发生的一切了，但姐姐在那个雪地里将衣服脱下来披在我身上的举动又把我的思绪拉回到了那个雨天发生的一切。最先跑到我面前的是爷爷，他一大把年纪了，没想到还能跑那么快，只见他一把将我抱起，赶紧往家跑，身后跟着奶奶和母亲，我在爷爷的肩头看到父亲在教训姐姐，话说得很难听，然后也跟上我们的队伍。最后只留下姐姐一个人在雪地里。

我看到姐姐很快变成了一个小白点，然后这个小白点也动了，但是走得很慢，直到我喝完姜汤躺在温暖的被窝后，姐姐才提着那个已经结冰的桶回到家。我听到姐姐强制压住的咳嗽声，像憋在水壶里的冒泡声。床头柜上的姜汤还剩半碗，我想端出去给她喝，但又怕父母责骂我，所以就等着姐姐收拾完进来自己端起来喝。想到她还要把那件破衣服晾在有铁皮罩住的庭院一角，我的鼻子就有点酸。我很快睡过去了，在睡梦中听到父母争吵的声音。

父亲："我看这个赔钱货现在是越来越不听话了。"

母亲："她很懂事，还懂得照顾弟弟，把衣服脱下给他穿。"

父亲："我看她是怕我们骂，装的。"

我睁开眼看到姐姐躺在自己的床上偷偷抹眼泪。白天的风雪都没让她哭,没想到一两句责骂就让坚强的姐姐哭得像个泪人儿。我真想堵住姐姐的眼睛,让她的眼泪断流。每次当我伤心难过的时候,我就会吃几口黏米饭,把难过破裂的心通过黏米饭粘起来。但黏米饭只在腊八节那天才能吃,现在距离腊八节已经过去了很多天。新年快到了。

说起腊八节,几乎每个人都要吃黏米饭,这样才不会在严寒的冬季把下巴冻掉。好像我的出生也是在腊八节,奶奶为了柔弱的我不至于一出生即下巴脱落,强行给我塞了几口黏米饭,呛得我差点无缘见到后来的世界。我的生日在隆冬季节,可以通过吃黏米饭黏合很多破碎的东西,但姐姐的生日却在大雨滂沱的夏季,她的出生预示了她的人生路必须由无尽的泪水筑成。所以,她不仅无法在夏天吃黏米饭黏合自己的眼睑,从而避免自己的泪水汹涌决堤,也无法在冬天吃黏米饭,因为家人并没有安排她的那份。腊八节那天,我们一家人坐在一起吃用糯米做成的黏米饭时,只有姐姐还在吃每天都在吃的粳米饭。

糯米和粳米虽然都是米,但由于前者具有一定的黏性,可以用来做许多糕点和饭类,而后者只能用来佐菜,成为每日三餐必不可少的主食。而且糯米也由于稀缺而变得弥足珍贵,只有在逢年过节才能吃上几回，后来我才知道事实完全不是这么回事，而是糯米吃多了会反胃黏牙，所以才没有成为每天饭桌上的主食。但在当时，我确实觉得吃糯米比吃粳米高贵，这在那日的饭桌上表现得一览无遗。

那天奶奶哄骗姐姐全家人吃的都是一样的米饭，聪明的姐姐并不相信。她通过颜色就看出来她碗里的和我们碗里的不是同一种米饭。我们碗里的米饭加了韭菜和肉末，吃起来很香，而姐姐碗里的只有白花花的一片，连油都没放。她好几次想吃一口我碗里的，都被父母用筷子制止了。吃完饭后，我看到在厨房洗碗的姐姐在偷舔我碗里剩下的黏米饭。就是从那刻开始，我便认为吃黏米饭比吃粳米高贵，在后来的每天几乎都哭着让母亲给我蒸黏米饭，但吃了几回很快就腻了，不得已只好继续吃姐姐每天都要吃的粳米饭。

现在看到姐姐的泪水流个不停，我又想起了黏米饭。这种可以弥合世界一切伤痕的粮食，或许能缝合姐姐心里的缺口，比奶奶手上的针线还有用。于是，我从床上挣扎着爬起来，拍拍姐姐的被子，没想到姐姐那张流着泪的脸把我吓坏了。她在用眼白看我。过了很久，她悄悄对我说："等下爸妈问你的时候，你就说你自己偷偷去溪边的。"

我点了点头。

"那姐姐过年那天能陪我去族长家吗？"我问。

姐姐冲我笑了笑。我当她答应了。没有想到由于我的擅作主张，让姐姐遭受如此严重的惩罚，而且看样子，这种惩罚还会持续很久，这时我明白自己已经置身于旋涡中了，涟漪由我而起，也势必会因我而平静，也就是说我接下来的表态关乎着姐姐以后几天的命运。将姐姐的命运寄托在弟弟身上，在我们那儿非常常见，比如很多姐姐很早就要外出打工赚钱给弟弟读书，还有很多姐姐会被她的父母明码标价，一般这个价格都是她的弟弟娶亲所需的聘礼钱。这种事我在奶奶的嘴里听到很多。我不明白能卖钱的姐姐为什么比只会花钱的弟弟还不值钱。我好几次去问奶奶，因为我在奶奶和父母的眼里，无疑是那个只会花钱的男娃，而姐姐则是那个将来能赚钱的女娃。但是我却独享他们的宠爱，姐姐却刚好相反。

奶奶将我抱起来，说我现在还小，长大后就明白了。

这句话得到了其他人的认可。这些经常和奶奶论人长短的叔叔婶婶们，很大一部分家里不是只有两个女儿，就是只有一个儿子。家里有两个女儿的据说要把大女儿留在家里招婿，刚开始，我不懂这句话的意思，奶奶告诉我说就是从外面娶一个男人进来。

"不是女人才会用娶吗？"我问。

"这种男人都是讨不到老婆的。"奶奶说，"你以后千万不要成为这种男人。"

我明白了，原来并不是所有男人都可以娶亲，有一些不中用的男人为了成婚会不得已改掉自己的姓氏入赘，认别人的父母做爹娘。看来，只是男性还不能一劳永逸地"花钱"，搞不好也会像女性一样"赚钱"；而家里只有一个儿子的父母就会比较辛苦点，因为没有多一个女儿帮他们负担儿子娶亲所需的高昂聘礼钱。

每当这时，这些人就会羡慕我家，羡慕既有孙子，又有孙女的奶奶。他们其实也想多生一胎，但都不敢触碰那条计划生育的高压线，而且谁都无法提前知道下一胎的性别。所以他们从始至终只在口头上羡慕我家，却从未付诸过行动。

在儿女长大成人前，姐姐还会被当成半个劳力，操持家务，照顾弟弟。我好几次听别人说，要是家里有个女孩，就不至于这么辛苦。他们话虽然如此，却从不舍得让儿子帮忙干活，儿子又不是没手没脚，而且每次看儿子的神情都很宠溺，就像父母看我时的样子。

　　现如今姐姐又要替我遭受处罚了。我不知道在接下来的这个晚上会发生什么事。天快黑了，外面的雪已经住了，大地白茫茫一片，庭院的铁皮屋顶上也兜紧了雪，那些在冷寂的衣架上挂的衣服好像被血浸透的旗帜，已经无法在这个一望无际的白色世界里迎风招展了。我变得比姐姐还害怕夜晚的到来，也是首次害怕面对一个由悬于穹顶的黑和铺在地上的白所组成的黑白颠倒的世界。

　　对于黑夜的恐惧，犹如对深渊的恐惧，或者说对噩梦的恐惧。而黑夜的到来对我来说，无疑同时带来了深渊和噩梦。我已经记不清有多少次被色彩斑斓的噩梦带到冷彻心扉的深渊边了，虽然奶奶告诉我梦都是无色无味的，但我真的在噩梦里感受到了彻骨的寒冷与夺目的色彩。这种奇妙的组合在某一方面强化了噩梦的真实程度的同时，也在另一方面让我误以为现实世界就是一个尚未开始的梦。而现在，我的梦里可能会多一个姐姐遭受虐待的场景。

　　这让我不由得浑身战栗。我的泪水说来就来，姐姐吓坏了。我并不明白我现在的举动会加重姐姐内心的恐惧，或许还会在无形中加深施加给她的处罚。老族长告诉过我，人之所以会感到恐惧，就在于对外界做了一个错误的判断。起初我对这话深以为然，但看到姐姐的恐惧，看到姐姐并不是由于误判外界而引发的恐惧后，我就觉得自诩喝过的水比我撒过的尿还多的老族长真的判断失误了。

黑夜的到来让万籁俱寂，窗外那棵老槐树好像一只悬挂在房梁上的蝙蝠。人们把蝙蝠叫作夜鼠，一种拥有鼠头却有鸟翼的鼠。我对这种会飞的鼠颇感亲切，一点都不像别人，见之如遇鬼，落荒而逃。它们也会发出老鼠般的叫唤声，或许在很久以前，它们和鼠是亲戚，只不过随着斗转星移，胆大者出去觅食从而进化出了翅膀，而胆小者只能数年如一日畏缩在角落，偷吃地上遗留的谷物。这么说来，姐姐以后可能会变成飞翔的蝙蝠，离家数万里，终获她心心念念的自由，而我只能变成老鼠，守着父母，成为人人唾弃的肮脏之物。

想到这，我破涕为笑。刚才还害怕父亲会把姐姐吊在老槐树上痛打一顿，现在既然知道姐姐迟早会飞走，我也就没什么好伤心了。谁不知道夜鼠比猫还强的透视眼和比风筝还大的翅膀可以将它送到任何它想去的地方啊。那棵老槐树是我们家的象征，或者说是我们所有人的象征。听奶奶说，五百年前，远道而来的先人第一件事就是栽下了一株随身携带、从故土拔来的槐树苗。五百年的风雨送走了一茬又一茬的祖先，终于等到了我和父亲及奶奶这三代人的到来，而老槐树也逐渐从小树苗长成现在遒劲茂盛的巨树。

很多具有仪式感的事都需要在这棵老槐树旁举行，比如春耕时的播种典礼和秋收时的收获庆典。每年春耕时，都会让最年长的老人在一头最年长的牛后头做犁田状，然后有几个戴着斗笠和围裙的妇女就会撒下几粒稻种，在确实找不到合适的老人时，一般由族长亲自示范；每当秋收时，妇女就会将稻田里最实的稻穗撒在槐树四周，象征着来年继续风调雨顺。

每当春天那些示范的牛绕树数圈后，就会一口一口吃掉在去年秋天撒下、已经变成绿禾的稻种，这和真正的稻田里的禾苗不一样，是一种在某种程度上反季节的庄稼，虽然长得比田里的稻草粗壮，但一般都不抽多少穗，用这种庄稼奖励辛劳的牛再合适不过了。

一般遇到这种大事时，都会围很多人。粮食的收成事关每家的兴衰成败，谁都不能置身事外。就算还穿着开裆裤满地跑，脸上挂满鼻涕的小孩都能感受到此刻的庄严程度。

春耕示范完毕后，忘性大的乌鸦又会重来槐树梢头筑巢，它们不知道从何方衔来还剩两片叶的树枝，在树梢搭建巢穴的轮廓，然后用柔软的荻花填充。在牛绕树第一遍的时候，树梢只有几根树枝，看上去就像槐树本身长出来的一样，但和还没抽芽的槐树枝又有所不同，是一抹在形销骨立中最为显眼的绿意。当牛在吃树旁长出来的反季节禾苗时，乌鸦已经筑好了巢，一个鸡窝一样的鸟巢就这样出现在众目睽睽之下。没有人对乌鸦巢感兴趣，就连经常在冬天掏鸟窝的老族长此刻都睁一只眼闭一只眼，他目下所要关心的是春耕仪式举行得是否如他所愿。只有我奶奶会表现出一种在老年人脸上所不具有的神采，她好几次将鸟巢当成了鸡圈里的鸡窝，而且乌鸦的手艺明显比她这个一直以擅长搭鸡窝著称的老婆婆高出一头，所以她看着高出自己好几头的鸟窝若有所思，不知道是不是想爬上去跟乌鸦请教一番。

有时她真的会做出爬树的动作，这时老族长就会拦住她，让她再等等，到了冬天，他自然会替她捅掉这个讨人厌的乌鸦巢。奶奶虽然不是这个意思，但她一向对老族长的话言听计从，所以就没再多说什么，倒是我那个醋性颇大的爷爷看不过去了，说什么都要在自己的婆娘面前露一手。于是他不顾众人阻挡，强行上树，结果往往不仅没让他出到风头，反而让奶奶更加觉得自己的老头不及族长之万一。

爷爷是个胆小的人，一般胆小的人很容易被激怒，他见自己的婆娘把视线频频看向族长，就想当众让族长下不来台，而且周围人意味不明的眼光更是让他觉得自己的男子汉气概消失殆尽。于是爷爷准备借助自己的武器对族长发起挑战，他的武器是他身后那个三世同堂的家庭，有雄厚的家庭做后盾，爷爷的胜算很快提高到了脱离实际的程度。老族长鳏居多年，膝下无一儿半女，就连那个洞房之时发誓要与他携手共度一生的婆娘，也在后来的岁月里残酷地丢下他提前撒手人寰。形单影只的他在面对我爷爷的咄咄逼人时，一把热泪当众挥洒。

这把热泪里包含了太多的往事，更包含了他全家对倪氏家族这些年来的无条件付出。其中尤以他逝去的婆娘最为惹泪。如果说我的爷爷是用活着的家人当成子弹射向族长的话，那么族长无疑用死去的家人当成了盾牌。这个由死人组成、在现实世界里将要被风吹碎的盾牌，着实让我爷爷那颗由活人打造、在现实中还活蹦乱跳的子弹哑火了。

也是从那天开始，我才知道我们家受惠于族长太多。要不是族长靠牺牲自己家人的性命换回爷爷奶奶存活的机会，或许我的出生都会是一个未知数。族长的觉悟并不高，只是他的族长身份让他不得不这么做，起初能给他带来荣耀的族长身份后来成为他永世无法再回想的噩梦。倪姓族长在当选那天起，便身系整个宗族的利益，不过据后来的事态判断，这个利益好像把族长本人排除在外了。

要不是我爷爷提起，族长的功劳就快被人遗忘了。爷爷这才意识到自己不仅没在族长身上占到丝毫便宜，还成功将众人的怒火牵引到了自己身上。他灰溜溜地跑了。我奶奶在原地用崇拜的眼神看着族长，忘记了家里的鸡窝。

奶奶有一种与生俱来的禀赋，她可以靠阳光就能知道鸡蛋的好坏，而判断一个鸡蛋好与坏就在于能否从里面孵出小鸡。我有一次偷偷将她选好的鸡蛋换了，没想到那只老母鸡孵了一个春天都没有孵出一只小鸡崽。这让奶奶吓坏了，以为自己的眼光出现了问题，当她得知真相后，才重新找回自信。从那以后她选鸡蛋时都要避过我。作为她孙子的我，却没有遗传到这种能力，我对鸡蛋只停留在最浅显的表面，我能判断鸡蛋的大小，重量，却无

法透视出里面的真章。我拿起一颗鸡蛋，学着奶奶的样子，对着
阳光，看到里面模糊一片，并没有奶奶所说的像裂痕一样的纹路。

于是我不再与鸡蛋较劲，而是将它在碗沿磕破，让里面的蛋
黄和蛋清在碗底开成一朵黄色的向日葵。然后把这朵向日葵丢在
烧沸的锅里，把它煎成一张饼，填满我那个经常感到饥饿的小肚
子。想到这，我咽了咽唾沫，沉浸在自己的思绪中忽略了刚才还
挂念于心的姐姐。直到姐姐唤了我几遍，我才回过神来，我又把
重点搞错了，我现在关心的应该是姐姐如何安稳地度过这个险象
环生的夜晚，而不是为了可悲的口腹之欲浮想联翩。

夜晚终于还是来了。我听到客厅里声音很大，要是平常我肯
定会马上跑出去看。奶奶说我就是一只对外界好奇的鱼儿，经常
被外界丢过来的诱饵勾引过去。虽然每次都觉得这个诱惑其实也
就那样，但还是一次次在这些心理预期过大的诱惑面前上当受骗。
现在我说什么都不会上当了，没想到姐姐却不干了。她让我出去
看看怎么回事，她今天在床上躺了太久，没有干活的罪恶感一直
折磨着她那颗本已做错事的心。我其实也想出去看看，我是一个
对热闹没有免疫力的孩子，但现在我想改变一下自己，至少暂时
改变一下也行，这样才会让我看起来比较成熟。姐姐见我不动，

很生气，说：

"你要是不出去，我就不陪你去族长家了。"

我知道姐姐在害怕什么，她害怕外面的动静与她接下来要遭受的处罚有千丝万缕的关联。我明白这种感觉，有时候害怕本身并不可怕，而是不知道害怕什么和害怕所要持续的时间。当害怕一旦落实，就是最胆小的人都会变成一个勇士。为了让姐姐的害怕持续得再久一点，我像只蚯蚓在房间里磨磨蹭蹭。

但房间只有这么大，即使拖字诀和磨字诀都用上了，我还是很快来到了客厅。我偷偷把头贴在门缝上，只用一只眼睛看向外面，然后故意转过头吓姐姐一跳。姐姐已经从床上坐起来了，那双大眼睛像一个忘记晃动的钟摆，见我突然回身，这只钟摆动了一下，也让我吓了一跳，就像客厅那个旧时钟经常突然响起来一样。旧时钟经常用叮咚叮咚的声音报时，不是吵醒我的睡梦，就是把我游离的思绪拉回到现实世界。现在姐姐也用自己会报时的眼睛提醒我现在还不到贪玩的时候。

于是我端正态度，努力做一个得力的侦察兵。和以侦察战事为己任的侦察兵不一样的是，我只负责察看客厅的状况，然后及时把情况汇报给身后那个焦急的姐姐。姐姐此时并不是我的姐姐，

而是一个密切注视战事进展的将军。这场战役的胜败说起来其实
和我没关系，我只是一个无意间闯入战场的小孩。我把客厅的情
况通报给姐姐听，没想到她对那些桌椅板凳一概没兴趣，对除父
母之外的敌人也漠不关心。她让我重点观察父母脸上的表情。若
父母的脸没绷紧，说明她还有反败为胜的机会，如果父母的脸绷
得像条皮筋，证明她除了缴械投降，连自杀的机会都没有。

　　所以我侦察到的信息就变得尤为重要，我此刻就是想置身事
外都不太可能。这完全超出了我的能力范围，我不堪忍受，好几
次想倒戈相向。但想起老族长家那个令人发抖的战场，此刻这个
战场还是稍显温和的，我只好硬着头皮继续观察。我从没有想到，
这个简单的观察举动会变得像此刻这么困难，就像在我全身上下
灌满了铅。

　　在此之前，我也好几次以这种姿势偷看客厅，尤其逢年过节
的时候，我更是喜欢这样观察我那些一年才来一次的远房亲戚。
我就是通过这样的角度第一次见到了我的舅舅。舅舅的头发很浓，
坐在他的姐姐我的母亲身边闲适地架着脚，嘴里吐出一轮又一轮
的烟圈。他虽然还没见过已经会走路的外甥，但他其实在我出生
那天见过我，不过我那时除了奶水，对谁都没有兴趣，所以严格

说起来那是我第一次见到舅舅，而舅舅在此之前见到的刚诞下的我，也不是真正意义上的我。也就是说那次舅舅才算和我第一次正式见面。

舅舅还没见到我的真人，嘴里却一直在聊着关于我的一切。我第一次成为别人口中的话题，还是以一个不在场之人的身份。这种感觉让我感到很奇妙。然后我听到舅舅提到的一些让我陌生的人，这些陌生人当时无疑也不在场，而是一些早已作古、活在书上的人。舅舅居然将我和书上的人相提并论，我感到很开心，虽然当时我并没有意识到生活在书上的人有什么了不起。

舅舅："姐姐，没关系，有的小孩确实长得比较慢。"

母亲："但是你小时候就长得比我大，现在他比他姐姐矮一截。"

舅舅："他的脑子灵光吗？"

母亲："比同龄人反应慢。"

我听到母亲居然说我脑子不好使，很生气，攥紧两个小拳跑出去理论。舅舅看到他那个易怒的小外甥，笑了，将我抱起来。我闻到舅舅身上很重的烟味。他问了我很多问题，我都一一告诉他。相比于不解人意的母亲，我更喜欢她那个善解人意的弟弟。

我不知道在这么喜庆的日子里，母亲为什么时刻皱紧眉头，一副忧心忡忡的样子。我从舅舅的身上跳下，父亲在庭院放鞭炮，拿着一根香，点了好几次都没点着挂在竹竿上的鞭炮。我从厨房拿出一盒火柴，擦亮，钻进父亲胯下，点燃了那串鞭炮。响声让父亲吓了一跳，我也被耀眼的火花照花了眼，害怕地倒在地上大哭。母亲吓坏了，以为我被鞭炮炸伤了，赶紧将我抱过来，把我里外翻了一遍，看看哪里被炸了。

看我没事，母亲大松一口气，不停地责怪父亲。父亲感到很委屈，摸着头茫然无措地看着我。母亲冲舅舅叹了一口气。舅舅临走后丢给我一本书，后来他每年都会给我留一本书。我对书没有兴趣，在他每次都问我看书的心得体会时，我都会把话题转移到泥土里的蚯蚓，树上的鸟儿，水里的游鱼身上。听母亲说，舅舅在城里当老师，最擅长的就是把调皮捣蛋的差生教育成品学兼优的三好学生。可惜舅舅那套在他的外甥身上失效了，过了几年，我还是一如既往，油盐不进，舅舅这时才觉得我真如他姐姐所说"脑子不好使"。

除了舅舅，我还在房间那个门缝里看过很多其他的亲戚。和每到过年才会来一回的舅舅不同，很多人只在清明那天来。他们和父母商量着给祖先上坟的事，说什么只有不会赚钱的人才会留在家里给祖宗上香，而那些留在城里赚大钱的人只要把钱打回来就可以尽到孝道。一个是用手里的斧头柴刀将祖先的家收拾干净，一个是用钱买一些供品孝敬祖先，但奇怪的是，打扫屋子的就是比提供伙食的低一头。

每当这时，母亲的忧虑就会通过她那张操劳过度的脸无限放大。我也是第一次知道人的脸居然可以和橡皮泥一样，拥有千万种变化。起初我以为她只是关心那些我从未见过的祖先所以伤心过度，后来我才知道，她是在忧虑家里的开销问题。这么说起来，还是做个供人祭拜的祖先最为划算，这样才不会每天过那种数米而炊的生活。

以往我见到的人脸上都有或多或少的不悦表情，即使在热闹的节日。但那晚我见到的那些人却一个个喜笑颜开，好像天上的宝贝砸到了他们头上。就连我那对经常吝惜笑容、好像笑是他们身上最昂贵的传家宝从不轻易示人的父母都乐开了怀。这个战场出乎我的意料，也脱离了我那提心吊胆的姐姐的预料。

他们在谈论着鸡蛋的话题。我不知道一颗鸡蛋为什么能引起他们这么大的兴致。我曾经恶作剧将奶奶放在鸡窝里让母鸡孵化的鸡蛋换成了石头，母鸡在石头上蹲了一个春天加半个夏天，那些石头还是没有温度，奶奶预想中的小鸡并未随着天气的升温破壳而出。为了惩罚已经丧失孵化能力的母鸡，奶奶在一个下午拿着菜刀将这只还蹲在石头上的母鸡残忍地杀死了。

我看到掉在地上的鸡头，心紧了紧。我还是第一次看到杀戮现场。以往家里杀鸡宰鸭，父母都会捂住我的眼睛，不让我看，当我睁开眼时，那些鸡鸭已经变成了餐桌上的美食。当我第一次发现美食的前身竟是沾满血的尸身时，我并没有首先为自己亲手导致的这桩命案感到愧疚，而是为自己以前吃下去的都是这种血腥的尸体而感到想吐。

奶奶将母鸡丢进开水里，烫了几遍，然后提出来煺毛，见我就在不远处，发出她那接近一百分贝的嗓音唤我过来帮忙。我没过去，任凭奶奶把这只母鸡的美味说得再怎么好听，我都不为所动，而是走近那个鸡窝旁。白色的石头上沾满了红色的血液，就好像将要破壳而出的鸡蛋本身带有的红色印记。

我蹲下来把这些石头拿出来，经过春夏的孵化，这些石头似乎能晃动，好像是一颗颗真正的鸡蛋。一边是成了刽子手的奶奶，另一边是作为帮凶的我。但我没有勇气面对分尸之地，而是在案发现场站着一动不动。我要趁奶奶没有发现真相之前赶紧毁灭证据，不然她很快会发现自己杀错了鸡，从而迁怒真正的罪魁祸首——她的孙子身上。

于是我兜着一堆石头赶紧逃离犯罪现场。奶奶已经将母鸡开膛破肚了，正用那把菜刀将鸡斩成好几块，把它的头、身子和腿都塞进了大碗里，鸡爪在碗口探出，看上去就像一双索命的魔爪。我吓得落荒而逃。一边跑衣服里兜的石头也一边掉，就像一个造路者，在满是泥土的大地上造就了一条洁白如月光的鹅卵石小径。

将鸡肉端进厨房的奶奶出来后发现眼前竟满是鸡蛋，以为是上天对她辛劳一生的馈赠，正准备狂奔过去拾捡这些来自天上的礼物时，没想到这些鸡蛋原来是从她面前那个步履蹒跚的孙子身上掉下的。只见她的孙子一边跑，一边下蛋。而且这些鸡蛋比平常的鸡蛋坚固许多，不仅没在地上破碎，反而像石头一样来回滚动。奶奶捡起第一颗鸡蛋后就明白了怎么回事，再看到那个空空如也的鸡窝心里就更确定了。

她的孙子换了她的蛋。

怒气冲天的奶奶这回没用自己的嗓门让孙子发颤，而是将手里的石头用力丢出去。我跑得很忘我，丝毫没意识到我怀里的石头越来越少，我的身子越来越轻，我以为是自己的奔跑速度让我变得如一朵白云般轻盈。就在我还来不及庆幸终于逃离奶奶的视线后，我的后脑勺突然受到了重重的一击，我的眼前闪烁着漫天的火花，脑袋里的脑浆好像搅拌几遍的豆腐脑，然后我就往前倒去，将烦恼抛在了脑后。

叠星

父母的身体都倍儿棒。身体的好坏干系着一家的兴衰荣辱。每个以种粮为生的人都知道这个道理。有的人即使家里的地比别人多好几亩，但由于没有一个好的身体，这些地很快会出租给身体好却地少的人耕种，这样一来，那些地少身体棒的人就会很快过得比地多身体差的人殷实。所以拥有一个健康的身体很多时候比地的多少更重要。

健康的父母对我这个浑身上下都是毛病的儿子感到无法理解，他们好几次在房间讨论我是不是抱错了。我的身体没什么毛病，既不是六指儿，也没缺什么重要器官，只是经常陷入幻想从而对外界比较迟钝，这被父母当成"反应比同龄人慢"，被别人当成脑子有问题。

　　相比于身体的残疾，人们更加在意脑子是否有问题。当父母在不是应该洗澡的时候哄我脱光衣服时，我并不知道他们葫芦里卖什么药。我乖乖地把衣服脱光，赤条条地面对我的亲生父母。他们却没有像以前那样，将我抱进水温适中的木桶里，而是先从我的头发开始检查，他们一层一层地翻我的头发，就像以前给我抓虱子那样，翻完我的头发他们又来翻我的眼皮，还让我的眼珠随着他们所指的方向转动，并让我说出距我五米之外那个穿着红衣服的人是男是女，那是一个从地里扛回来的稻草人，父母对我的回答很满意，又把注意力放到了我的鼻子上。

　　他们要考验我的嗅觉是否灵敏，让我说出他们面前的那些碗里分别放的什么调料。这些调料都是白色的液体，表面看上去都像水。我用鼻子挨个嗅了嗅，就是在这时，我突然发出的咳嗽让父母的脸色变了样，他们以为我的鼻子有问题，当看到光着身子的我在门窗没关紧的室内瑟瑟发抖时，赶紧找来一条毯子裹住我，然后将门窗关好。

　　第一只碗里的是食盐。

　　第二只碗里的是白糖。

　　第三只碗里的是味精。

第四只碗里的是白醋。

当我正确说出第一只碗里的调料时，父母表现得很冷静，知道食盐还不能打消他们心里的疑虑。只有在我说出最后一只碗里的调料时，父母才终于按捺不住内心的喜悦，抱着我亲了又亲。就在我以为考验行将结束时，他们又让我伸出手指。我的十根手指白白胖胖，像葱白似的。我在他们的口令下一会儿握紧手指，一会儿掌心向上。他们见我握力正常，将目光停留在了我满是断纹的掌心。看到我的断纹和他们的一样，他们笑了。最后检查的是我的脚趾。

问题就出在脚趾上。我的小脚指甲好像很完整，不像母亲的那样中间开裂了。我的家族每个人的小脚指甲都开裂了，这成了一种印记，一种在大千世界、茫茫人海认出同类的最重要的标记。而现在，身为他们儿子的我竟可能不是他们的同类。他们马上慌了，忙脱下鞋袜，检查自己的小脚指甲，真的不一样，母亲的小脚指甲像被刀劈的一样，斩成了两半，就是那个本是外姓的父亲也由于和母亲生活了太久的缘故，小脚指甲都疑似开裂了。

紧张的父亲使劲挠着头皮，我看到他的头皮屑像雪花那般降下。他们还不死心，把我的脚指甲一遍又一遍地察看，还用手去掰，痛得我差点晕过去。母亲这时找来奶奶，问她自己的脚指甲是不是长大后才开裂的。奶奶陷入对往事的回忆中，她先从母亲出生后调皮捣蛋开始说起，然后说自己从小为母亲耗费了多少心血，就是不提她最为看重的脚指甲。父亲见这些话里没有自己想要的线索，强行打断了奶奶的话。奶奶经父亲一吼，终于说出了那句令父亲眉开眼笑的话：

"对，你老婆是成人那天脚指甲开始开裂的。"

奶奶这句话也让我解脱了。父母把我的衣服一件件穿上，他们有足够的时间等到我成人那天的到来，换句话说他们担心的真相还要过很久才能成为事实。在此之前，明智之举只有将这一切都交付给时间。父母那天眼里盛满了类似丰收一样的喜悦，从那天晚餐的丰富程度来看，其实和丰收佳节也没有什么两样。

父母破天荒地杀了一只鸡，作料就是那四碗考验我的调料。只是须臾间的工夫，这些调料就由考验变成了奖励，从而让我饕餮一顿。我甚至能从鸡头里吃到食盐的味道，从鸡心里吃到白糖的味道，从鸡翅里吃到味精的味道，更能从鸡爪里吃到白醋的味道。

之后的几天，我由于石头换鸡蛋一案东窗事发，惨遭奶奶的石头处罚，更是让父母直接找到了豁免金牌：我的问题原来不是遗传自他们体内，而是在这个凶险的外界遭受了许多他们不为所知的伤害。

奶奶这一生经历了很多事，活到她这把岁数，可说该经历的大都经历了，不该经历的也被迫经历了。就在她以为这辈子没什么事能让她害怕时，我脑后汩汩冒出的血却让她大惊失色。以前那些事或多或少都带有一些不情愿，譬如把家里的地充公，让爷爷告发那个娶过三任妻子的公公。做这些事的时候她只是遵循一种惯性，并未觉得有何不妥。但那天她在流血的我面前却表现得像个惊慌失措的孩子。

她像那只在她刀下殒命的母鸡生前那样，由于找不到下蛋的窝，急得咯咯直叫。一时找不到解决办法的她甚至生出回娘家的打算。但是她的娘家早就破败了，现在回去不仅没有爹娘给她接风洗尘，甚至还能不能找到自己的家都说不定。直到此时，她才明白过来，一直在她身后充当庇护所的娘家早已不像几十年前那样，可以让她在倪家受了委屈后继续张开怀抱接纳她。

好在奶奶并没有真的老糊涂，在刚开始的慌乱后，她很快冷静下来。那时刚好临近黄昏，很多小孩在玩互相丢掷石子的游戏。

这是一场看起来安全实际上却非常危险的游戏，经常导致流血事件的发生。很多小孩的头上之所以有些地方寸草不生，就因为被一些石子擦破头皮所致。所以奶奶就想把我的惨状嫁祸给那些小孩，然后再编造一番说辞令我那双经常偏听偏信的父母上当。

主意打定，奶奶丢下我就去找我的父母。她适时地表现出了一个关心孙子的奶奶脸上该有的难过神色。而且为了让自己的表演尽量逼真，她甚至放弃了以往逢人便打听别人家事的良好习惯，对那些在路上遇到的每个人都视而不见，一心只想找到我那在田里劳作的父母。

她那些玩伴看到步履匆匆的奶奶，有些想凑上去告诉她那些经自己添油加醋新鲜出炉的第一手资料，有些想拉上她一起打发晚饭之前这一段漫长的无聊时光，但她们都扑空了。奶奶好像变了一个人，再也不是那个嘴碎的老太婆，反而像每天都要外出劳作的年轻人。这些人好像看到了年轻时的奶奶，那时的她也每天以这副匆忙行状操持着田里的庄稼。她们不约而同地感叹了一句：

"她真是越活越年轻了。"

父母正赶着牛归家，父亲肩上扛着犁具，母亲提着锄头赶着牛。一轮暗淡的夕阳在他们归家的路上洒上红色的日光。凸字形的大山增添了环境的恬静，间或传来的几声鸟鸣更是让凹状的苍穹显得更为深邃。父母将一天的劳作忘于脑后，尽情享受归家途中这不长的一段闲适时光。

母亲甚至还给父亲讲述她小时候上山摘野果的有趣经历。父亲的家乡没有这些高山，只有一条大河，他被母亲的讲述迷住了，尤其山上突然蹿出来的动物更是让他大感好奇，父亲小时候砍柴需要到别村，而且砍柴时也从未见过什么动物。当母亲要他讲讲他的家乡时，父亲便会搬出那条经常出现在他梦里，已许久不见的大河。母亲也会被父亲的大河里出现的重达几十斤的鱼惊掉下巴。他们沉浸在彼此无缘亲历的山河中忘记了时间，感情也在这种气氛下愈加甜蜜。

但这难得的闲暇在那天却被奶奶打破了。奶奶老远就看见了自己的儿子儿媳，她的泪水经一路的铺垫早已做好了决堤的准备。当她出现在父母面前时，虽然父母还不知道发生了什么事，但看到她脸上的纵横老泪，也将心提到了嗓子眼。他们已经无暇顾及这美好的山河水了。奶奶没马上告诉父母发生了什么事，而是先让自己的眼泪多流一会儿。然后在父母稍显不耐烦之际说出了那个令他们最难以接受的噩耗：

"娃，娃快不行了。"

这种话是做父母的最不愿意听到的。他们在别人的亲身经历中已经感受过太多类似的伤痛和绝望了。

"娃不行了。"小孩掉在河里淹死了，捞起来后小脸煞白，嘴唇青紫，一双没有闭上的大眼睛还聚拢着生前最后一抹霞光，照射在蜂拥而来的大人脸上。虽然将肚子里的水全部按出来了，也用人工呼吸做了好几次努力，但是这个小孩却再也不能像每天早晨起床时那样活动手脚，然后从床上坐起来，穿好衣服下地吃饭。他永远地睡过去了，做的这个梦将永远没有苏醒的那天。

伤心过度的父母没有放弃最后的希望。他们找来一头黄牛，将自己那可怜的孩子放在牛背上，然后做母亲的扶着瘫倒在牛背上的孩子，做父亲的拽着绳子在后面驱牛。牛跑了好几圈，做父母的累得大汗淋漓，但在牛背上的小孩还是无动于衷，看样子真的不会再醒了。他们觉得问题出在黄牛身上，黄牛跑不快，无法通过急速跑动的方式救回孩子，孩子在嗓子眼堵住的那口气上不来，就无法将肚里残留的溪水颠出来。所以他们不顾小孩会摔下来的危险，死活要换一头水牛试试。

水牛牵来了。这是一头个头最大的水牛，几个成年人都无法驯服它，只有最有经验的老人才能让它乖乖听话。做父母的不得已只好让水牛的主人上，只见主人来到水牛面前耳语了几句，仰天哞哞叫唤的水牛终于安静不少，然后大家看到水牛长长的睫毛就像一把刷子，刷走了停留在眼睑上的蚊蝇，然后那双硕大又澄明的眼睛让大家觉得就算珍珠也不及它的眼睛光彩夺目。判断水牛好或孬的标准不在于它那庞大的身躯，不在于它有力的四蹄，更不在于它那鞭子般的尾巴，而在于它的角。

水牛的角长还不算什么，得又长又弯，刚好能在头顶上拱成一轮满月似的形状才算好角。有经验的人会在水牛还是牛犊时就能通过未长角的牛顶判断，这头水牛以后是否能长出满月似的牛角。这头水牛的牛主人几年前不顾众人嘲笑，在一群牛犊中挑了一头别人最不看好的那头，别人挑牛无非是通过四肢，毛发，牛齿，从来没有不顾四肢毛发牛齿而专门注意牛顶的先例。但几年后，当他们的牛先后由于种种原因不是罢工就是气力不济，而无法再耕作时，看到他那头几年如一日雄壮有力的水牛，纷纷竖起大拇指夸奖他有远见。看到他死活不愿意借牛耕田，又都在私下里诅咒他和他的牛：

"那铁公鸡的蛋迟早有一天会被自己的牛顶碎。"

虽然平时表现得很抠门，但在人命关天面前，他却比谁都大方。不过当他见水牛确实无法救回溺水的小孩时，也会两手一摊，摇摇头，表示他的牛不是大罗神仙，没有起死回生的本事。然后牵着那头牛颤悠悠地走在回家的路上，看到丰茂的水草，终于同意让它伸出长舌，犒劳它一番。

死者的父母终于接受现实，背着已经再也没办法开口叫爸爸妈妈的孩子回家。母亲在后头几次哭死过去，父亲背着不重的孩子脚步也越来越沉，好像随时都会不堪重负，累垮自己。

我的父母听到奶奶那句话后，以为我也被水淹死了。母亲撇下锄头就往溪边赶，父亲丢下犁具跑在前面，然后又跑回去，牵起那头牛使劲挥鞭赶赴溪边。但他们没在岸上看到围观的人群，岸上什么都没有，只有流动的溪水和两岸的树木。奶奶话还没说完，儿子儿媳就跑没影了，追了很久才追上他们，这才抽出空来补上还未说完的话：

"娃的头被石头丢中了。"

当父母见到躺在地上，脑后流血的我时，以为倒在血泊中的是一头年猪。过年时宰杀的猪一般都以这种俯卧的姿势背对着天空。唯一不同的是年猪的出血口是在脖颈处，杀猪的用锋利的匕首捅几刀，放血，待猪血流尽，便将瘫软无力的死猪丢在地上，等洗干净案板后再把猪抬上去分筋错骨，而我的出血口则在脑后，染红了一大片黑发。父母仔细检查完我的伤口后发现并无大碍，于是两人合力将我搬到床上，卧躺着，医生在我的后脑勺绑上纱带，嘱咐了我父母几句，然后就丢下头上缠着白布、像坐月子的我走了。

奶奶将我的伤口真的嫁祸给那些顽皮的小孩。在父母挨个去找那些小孩的父母讨说法时，躺在床上的我还在回忆倒在血泊中时的幻境。我倒在地上后，感觉脑袋轻飘飘的，没有丝毫疼痛，而是感觉连身子都变轻了。刚开始眼前是黏稠的黑暗，然后一道血脉形状的闪电劈开了我面前的黑暗，这时我才知道包裹我的黑暗是白色的蛋壳。

我破壳而出了。作为一只小鸡，我的眼睛看得没人类远，但能看得比人类透。我能看清大地是由无数颗粒状的泥土构成的，而地平线也随着光线的强弱或拉直或弯曲。总之，地面就像一张地毯，时间之手将地毯拉伸或蜷缩。我迈着小步行走在这条地毯上，与我同行的是蚂蚁、蟑螂、瓢虫等一些爬行昆虫，在我头顶的是一些蝴蝶、蜻蜓、蜜蜂等一些飞行昆虫。

就在我快要长出翅膀，与飞行昆虫并肩飞翔时，父母的叫声一把将我拉回到了沟壑纵横的现实世界。我只好在床上继续这个未做完的梦。但客厅里传来的吵闹声又让我不得不中止自己的怪念头。父母将每个疑似凶手的小孩的父母都找来了，正在客厅里大声讨论我的伤势。

这些父母都是一些倪姓之外的姓，有吴梁李温四姓，他们除了自己的姓，不知道祖宗从哪来，姓甚名谁。奶奶告诉我这四姓之所以犯下这种不可饶恕、数典忘祖的罪行，源于几百年前在逃亡和迁徙的路上，贪生胜于保护族谱，导致能证明自己是谁，从哪来的族谱散佚一空，最后不仅把同宗的辈分搞乱——误把孙子当成爷爷、把爸爸当成儿子，而且后代取名也没再按照族谱，而是胡乱瞎取一通，所以，迄今为止他们还不晓得自己的原籍在哪。有时某姓在电视上看到与他们同姓的国家领导人时，就会一厢情愿地攀亲，指着电视里的国家领导人一脸自豪地说："瞧，这是我的本家。"

但他们的本家却从来没有给过他们哪怕一丁点好处，按奶奶的话说，无法为本宗族提供利益的本家和八竿子打不着的陌生人其实一个意思。这些年来，这些人口稀少的姓氏一直遭受着倪家的压迫，即使四姓联合起来，还是没有倪姓多，这也是老族长倪乾南的权力比李姓村主任大的直接原因。当我的父母将他们一一叫到家里后，他们还以为自己家的地又种过界了。

每年的冬天，随着秋收的结束，整个冬季都不会灌水的田地很快就会被放养的牲畜踏平田埂，常常导致有个别人在来年开春时，误在别人稻田里垒上田埂，这样一来，就会阔了自己的田，窄了别人的地。经老族长倪乾南调停，这才没有发生像别村一样斗殴火并的惨剧。

听到我父亲的话后，他们才把悬着的心放回肚里，但还没轻松多久，他们便发现我父母说的这件事远比种田过界更为严重。生有儿子的紧张得大气不敢出，只有女儿的这时就会抱着胳膊用一种庆幸的表情看着前者。我的父母强压心头怒火，让他们分别说出自己的孩子在白天的一举一动。

每个人都试图为自己的儿子找出不在场的证据，这些人为了躲避惩罚，隐瞒儿子年龄的有之，造假性格的有之：已经能干农活的说成还在蹒跚学步，比猴子还调皮捣蛋的说成内向害羞。这哪能逃过我父母的火眼金睛，在我爸妈不留情面地揭穿他们的假面具后，他们面有惭色，低着头不敢多言。

他们见无法搪塞过去，只好努力回忆自己的小兔崽子白天的行径。首先回忆的是吴小刚的父母："小刚今天一天都在田里帮忙干活，直到晚上才和我们一起回家，不信的话可以把他叫来，他裤子上还沾着田里的泥土呢。"

我姐姐把吴小刚叫来了。吴小刚手里拿着一把弹弓，看着我家门前的那棵老槐树，二话不说就想把树上的鸟巢打下来，被我姐姐拦住了。我姐姐将他领到客厅，吴小刚一下看到这么多人，有些紧张，手上的那把弹弓也忘了藏，弹弓上的橡皮筋还是偷他父母的钱买的，他父母一直不知道，此刻看到儿子居然还有自己不知道的事，脸色就有些不好看，但他们先跳过此事，一直用眼色暗示他今天是不是去地里干活了。迟钝的吴小刚远没有与其母亲达到母子连心的程度，在父母的百般暗示之下睁着一双装满疑问的眼睛来回转个不停。最后好像终于明白了似的，委屈地说道：

"我再也不敢偷东西了。"

吴小刚不打自招，不仅偷过父母的钱，还偷过别人家的甘蔗，挖过别人家的地瓜，抓过别人家的鸡鸭，而且所偷之物都来自同一家。在场的梁红英父母，本来抱着看热闹的心态等待好戏开场，没想到自己倒成了第一个出场人物，而且还是以吃亏者的形象曝光在众人面前，不由分说就要揍吴小刚，被我父母死死拽住了。最后吴小刚的父母当场赔了梁家一切损失，揪起吴小刚的耳朵一路拖拽着回家。吴小刚的两只手明显不够用，一只要护住吃疼的耳朵，一只要拉住不断往下掉的裤子，没有第三只手去捡那个掉在地上的弹弓。

在场的人都说："看来三只手徒有虚名啊。"

奶奶见放跑了吴小刚，有些紧张了，但是又不敢多说话增加自己的嫌疑。吴小刚不仅没有在场的证据，也没有作案的动机。这些都是我姐姐提供的证明。姐姐说白天一天吴小刚都在山上打鸟儿的主意。这让奶奶对姐姐更加讨厌了。

走了吴梁两家，剩下的李温两家都大气不敢出。李家有一个比同龄人成熟的儿子，温家和我父母一样，都有一儿一女。我姐姐把李强叫来后，我父母没有质问他。李强高度近视，小小年纪就戴着一副厚厚的眼镜，手里还抱着本书。李强的父母一直忧愁儿子的眼睛，要不是因为没钱，早就带儿子去省城矫正度数了，没想到现在坏事竟变成了好事，从那以后，再也没有阻拦非要躺床上看书的儿子。最后的温家为了证明儿子还没有力气投掷石子，将一儿一女都喊来了。

我的父母看到温永斌在他姐姐温荷的背上流着哈喇子，终于相信了温家的话。

我姐姐在温荷的身上看到了多年前的自己。以前她也是这样背着我洗衣做饭，就连吃饭的时候都要先喂完我，才能腾出手来吃已经凉透了的饭菜。姐姐背过手去擦眼泪。奶奶扯着衣角越来越不安，没能成功将祸水东引让她以为很快会被我父母剥夺做奶奶的资格。但我父母好像完全没注意到她，还把她主动做晚饭看成是给自己分忧解难。奶奶的心一直悬挂着，直到在饭桌上听到我父母的一句话才最终打消内心的担心：

"我看儿子是自己跌伤的。"

说完这句话后，还怪奶奶以后没有证据别随随便便冤枉好人，并再三嘱咐她以后看孙子看紧点，别让他老出去瞎跑。我奶奶大松一口气，第一次主动给我姐姐碗里夹了一块鸡肉。这时父母才看到饭桌上居然有鸡，忙问怎么回事，听到奶奶的回答后，都笑了。母亲甚至还说出了一句令全家人差点喷饭的话："没想到母鸡也像女人一样，上了年纪就没办法生孩子了。"

我躺在床上吃姐姐给我端进来的晚饭，对自己怎么受伤的也摸不准了。不过我很快就没再多想，吃完饭后我很快睡着了。我的伤好后，父母拆那个纱布时一直担心留疤，最后的结果让他们连呼幸运。只不过从此以后我的反应好像越来越慢，脑子也越来越不好使了。父母在忧虑之余也多了一番庆幸："瞅瞅，儿子的毛病我就说不是从娘胎里带来的吧。"

那次是姐姐一直给我忙前忙后，现在是我给姐姐忙前忙后。姐姐听到我的消息后，终于从床上起来。父母在客厅谈论的事情压根和她没关。就在父母准备在晚上把姐姐叫起来教训一顿后，李梁吴温四家人出于维护邻里关系的目的，也为了彻底冰释上次的误会，一人提着一篮子鸡蛋登门拜访，把从自家母鸡屁股里抠出来的鸡蛋非说成从我家田里发现的。

每年冬天，很多来不及回家下蛋的母鸡都会憋不住提前把蛋下到野地里。这些母鸡一路走一路下，而且说来奇怪，母鸡天生有一种不管把蛋下到哪里都不会碎的天赋。它们在鸡窝里下的蛋不会被自己的爪子踩碎，下到屋檐下的蛋不会被风吹落下来的瓦片砸碎，连坚硬的石头都奈何不了脆弱的鸡蛋分毫。当母鸡将蛋下到石头上后，鸡蛋不仅不会磕破，还会自己滚到一块柔软的草地上将自己掩藏起来。

但要是遇到人类，这些鸡蛋就难保了。如果说母鸡拥有一种不管何时何地都能下蛋的能力,那么人类也无疑拥有一种"任你藏得多深,我就是能把你找到"的本领。所以,当那些母鸡几天之后在下蛋的地方再也找不到蛋的踪迹后,终于悲哀地发现,相比自己的道高一尺,魔高一丈的人类还是强太多了。难怪都说卵生的干不过胎生的。

于是它们只能将鸡蛋下到秋收后堆起来、看起来最危险实则最安全的稻草里,借助秋霜冬雪增加隐蔽度,这样才能在最喜窥私的人类面前幸免于难。不过它们很快发现自己失策了,这次不是败于精明的人类手上,而是在看似最愚笨的牛身上马失前蹄,不,应该是鸡飞蛋打。

不管黄牛水牛,冬天耗费的草料都比其他季节多。当人们发现在牛圈里事先囤积的草料完全不够牛造时,田边高堆的稻草就会引起他们的注意。于是他们扛着耙梳前去将堆高的稻草耙矮,然后从地上揽起一扎稻草,抽出数十根比较结实的,从脱完谷粒的稻穗边沿捆扎一下,散成一地的稻草就会像小孩一样立起来。那些藏匿在稻草堆里的鸡蛋就这样被发现了,看上去就像沙堆里突然出现的金沙一样,让他们的眼睛都忘了转。过会儿他们才会在这个天大的好事面前回过神来,把衣服脱下来,兜起鸡蛋,抱着跑回家，丝毫不理牛圈里没有稻草垫、硌得慌的牛的哀号。

　　他们不仅会在稻草里发现鸡蛋，有时也会在里面看到男女做好事时滚过的痕迹，而且常会留下一条裤衩，或是几张用过的卫生纸。眼尖的人们通过裤衩就能判断，到底是哪个挨千刀的在里面被人睡过或睡过别人。因为在平常日子，这些裤衩不仅不避人，还会大方地晾在屋檐下，究竟是谁家的，一看就能知道。

　　那天，李梁吴温四家同时在稻草堆里发现了鸡蛋。他们四家共养了一头牛，每年春耕时，都得轮流用牛，常会误了播种的最佳日子，可又都没钱单独买一头，所以他们家的收成每年都比别家少。不过这倒让他们家的小兔崽子高兴坏了，因为每个人都不用每天放牛，而是轮流放，这常让我的姐姐羡慕不已。

　　他们一合计，就想把鸡蛋送给我父母，到时借牛也方便点。他们就像将蛋藏得很深的母鸡，死活不说出真实来意，还非把这些鸡蛋说成是我家母鸡下的。问题是我家那只母鸡很久以前就被我奶奶宰了。让我感到奇怪的是，明明知道事情怎么回事的父母，也死活不戳穿他们的谎言，而且还真的伸出手去拿这些不属于自己家的鸡蛋。

　　我看不下去了，忙跑出去冲着他们喊道："这不是我家的鸡蛋，我家的母鸡早就吃到肚里去了。"我看到父母两人的脸色立马大变，那些人提着鸡蛋的手也好像僵住了，最后分别找了一些连小孩都骗不过的借口讪讪而退。

我见父母不信，就叫上姐姐帮我说说话。姐姐刚把头探出房间，就被我拉了出来。但是姐姐却让我失望了，她和父母一样说我不懂事，还怪我让爸爸妈妈在外人面前丢了面子。我很难过，鼻子酸酸的，想哭，我不知道父母是不是在假装糊涂，看他们脸上凶狠的表情，好像我偷了他们最珍贵的东西一样，明明我才是他们最珍贵的宝贝啊。看到平日里把我捧在手心怕掉，含在嘴里怕化的爸妈变脸比翻书还快，我吓坏了。而且刚才还和我站在同一阵线的姐姐也幸灾乐祸地看着我，还悄悄冲我做鬼脸，我瞬间觉得我可能真是从垃圾桶里捡来的。

奶奶害怕旧事重提，又用老年多健忘这个借口打发我。倒是那个一直以来跟我不亲不疏的爷爷为我说了几句话。他还在为上次因为去别人家闲聊误了饭点，连鸡汤都没喝到一口而耿耿于怀。

"呸，提起裤子就不认账。"爷爷愤愤不平。

我提醒他不是裤子的事，是母鸡的事，可他说都是一码事。父母被爷爷一说，脸上就有些挂不住。我那姐姐也低着头恢复成以前那种一棍子打不出一个屁的衰样，那次她可没少吃。至于我的奶奶，早就臊得躲进厨房了。爷爷没想到他的一句话还有这么大的作用，往常除了一些同是牙掉精光，屙屎无力的老头，已经没有人会将他的话放在心上了。

所以在最开始的愤怒后，他逐渐变得有些兴奋。虽然爷爷离题万里，将这件事说成别的事，还翻出一大堆陈芝麻烂谷子，但看到我那讨厌的父母在爷爷面前无地自容的样子，我就很开心。而且父亲想揍人的举动更是说明了爷爷的话不是无中生有，爷爷甚至递上了自己那张老脸让他的不孝子打。爷爷混浊的眼睛发射出一股令我陌生又感到寒意的光，使我忍不住地发抖。

家里此刻好像真的变成了战场，不过已经完全脱离我这个侦察兵的掌控了。而且我现在前后两方同时失守，已经没有退路了。我这个做孙子的夹在这对父子多年来累积的矛盾中，一面要忍受刺耳的谩骂，另一面要遭受蔓延的怒火。

而且谁都没能力终止这场战役，母亲跑到屋檐下偷偷抹眼泪，奶奶在厨房里竖着耳朵留意着战场的动向，姐姐倒是乐得清闲，端起饭碗就往嘴里扒饭，好像有人会和她抢似的。这种情况下只有老族长倪乾南才能调停。

但是我不敢去找他，我也没有拉上姐姐陪我一起去的打算。我很害怕，这时幸好让我想到自己那件轻易不示人的宝贝。每次家人做饭时，我都会将磕成两半的鸡蛋壳留到一定的数量，然后将鸡蛋壳摞起来，就像一顶顶帽子。最后我用一根筷子把这些鸡蛋壳穿起来，好几个夏夜父亲抱着我在屋檐下歇凉的时候，看到我手里的这串鸡蛋壳，都会把破碎的鸡蛋壳边沿比作天上的星星。

"你什么时候把星星串起来了啊？"父亲很惊奇，"角比天上的星星还多呢。"

经父亲一夸，我好像认识到了这串鸡蛋壳的价值，于是就把它偷偷藏起来，藏在一个谁都没办法知道的地方。平时闲来无事时，我才会拿在手里玩一会儿，然后又很快藏起来。这串星很脆弱的，吹不了风，晒不了光，就是稍微响一点的声音都会让它破碎。

"你看过破碎的星星吗？"我好几次问奶奶。

奶奶虽然老跟我说世界上就没有什么她没看过，但对破碎的星星她还真没见过。看到我所拥有的是连一个奶奶都没见过的东西，我就更宝贝这串鸡蛋壳了，不，是这串星星。想到这，我马上离开战场，搬张凳子放到屋檐下，然后站上去从挂满蒜头的墙面找出自己的宝贝，我把白色的星星藏在白色的蒜头里，到现在都没人发现。就在我又要沉浸在对自己的钦佩中时，家里摔碗掼碟的声音提醒我现在还没到臭美的时候。

　　于是我手擎着一串星星，回到了硝烟弥漫的战场。我钻进丧失理智的父亲裆下，递给他我最钟爱的星星，想让他像从前那样夸我。

电鱼

长久以来，我都像一粒种子，种在家庭这个温室里，外界的狂风暴雨，似火骄阳都与我无涉。只要温室自身够结实，不会出现裂痕，不管外面是风雨还是烈日，都不会让我遭受一丁点伤害。所以，从小到大，我都很奇怪为什么别人家不像我家一样和睦相处，反而动不动就吵架谩骂，有时仅是为了屁大点儿事，就可以让家人反目，不是分家单过，就是各种较劲。

而且外人的劝说不仅无法弥补伤痕，还会让裂痕越来越大。我好几次都为同龄人不能像我一样安心待在温室里感到揪心。奶奶说，一般这种矛盾都是历史遗留下来的问题。奶奶见我听不懂，也不再多加解释，而是一个人坐在门槛上，或者坐在有旧时钟叮咚的客厅里，将头深深地埋入膝盖里，想要借助时间将时间遗忘。

但当她抬起头时，屋外的吵闹不仅没有停歇，反而越闹越凶，有时甚至到了生死攸关的境地。

我亲眼见到怒火是如何呈燎原之势，波及每个家庭成员的。起初，他们只是因为调料品的事闹了点简单的口角。我从几年前就知道别人的奶奶和我的奶奶长得不一样，有些人的奶奶好像有两个肚子，除了本身带有的一个，脖子上也有一个，就挂在下巴上，好像一只被饲料撑粗脖子的鸭子。每次见她说话时，都觉得她像一只在水里吐泡泡的鱼儿，含糊不清老是让我误会她的意思，只有脖子正常的奶奶才能听懂。我从那时起就觉得长辈和后辈之间确有无法逾越的代沟。我不想听她说话，但是又不得不听，因为我生病了，吃了很多药都不见好，奶奶说只有她才能医好我的病。

她翻了翻我的眼皮，就知道我身上有脏东西，然后用更脏的灰烬冲开水让我喝下去。她把自己的大脖子不但不当病，反而当作上天挑中她们来世间治病救人的证明，而且她思考问题也不靠大脑，就靠这个挂在脖子上的肚子。只要拍一下大脖子，她就知道我是不是被鬼上身了，还问是不是在山上见到那些"坐在墓碑上的人"。

奶奶背我去过山上担柴，我确实见到很多墓碑，有些墓碑前烧了几炷香，也有一些供品，有些墓碑却藏在荆棘丛中，看样子已经被活人遗忘了。墓碑上刻的字我一个都不认识，奶奶也不知道。她砍了几根被虫蚁蛀空的枯木后，就匆匆下山了。我的眼睛却一直注视着那些墓碑，越看越觉得墓碑前真的有人，不是在吃供品，就是被那些带刺的荆棘困住了身子，出不来。

下山后不久我就生病了，额头很烫。父母将奶奶教训了一顿，让她别随便带我上山，山上有很多三岁小孩看得见，大人却看不见的东西。刚开始，我不知道这些东西是什么，经别人的大脖子奶奶一说，我就明白了，原来我看到的那些人是鬼，现在已经跑到了我的身体里。要想将他们赶出来，只有喝她递到我跟前的水。这碗搅拌着香灰的水很难喝，卡在我的嗓子眼很难受。

虽然她具有常人所不具备的神通，但是最怕菜里添加味精。菜没有盐和味精不好吃，我们那儿的人口味偏淡嗜甜，所以每次做饭时都会少放盐多加味精。这样一来，就让这个连鬼都可以捉的大脖子奶奶很生气。她已经再三强调不要再往菜里放味精了，但那些逆子悖媳还是每次都放。后来听舅舅说，她吃盐是想让脖子上的肚子消下去，这样才能变得像一个正常人。我这才知道原来她的大脖子不是天生的，而是后来因为饭菜里缺盐导致的。

"她不是靠大脖子才能看病救人吗？大脖子消失后她还靠什么吃饭。"我问舅舅。

但是舅舅要回家了，没来得及解答我心里的困惑。她见饭菜齁甜齁甜的，就知道他们又没有放盐，于是放下筷子说道："现在盐是又涨价了吗？"

先是儿媳的脸色不好看了，儿子还一时没明白母亲什么意思。

"不吃滚。"儿媳嚷道，"能养你就不错了，还挑三拣四。"

我的母亲多年以来一直给我灌输一个浅显又易被人淡忘的道理，即别娶了媳妇忘了娘。虽然她和其他人一样，在奶奶年纪越大，无法再帮忙干体力活时成功让自己娶了老公忘了娘，但她还是一直用这句话教导我。看来每个大人在教育小孩时都把自己排除在外。

当年迈的老母成了光吃饭不干活的摆设后，儿媳就会各种挑理，反正就是看这老不死的哪都不顺眼，尤其看到对方饭量越来越大后，这种不满更是表现得尤为明显。刚开始，满腹委屈的老母就会让儿子帮忙说几句话，但都在儿媳的枕边风面前一败涂地。她们在自己的家成了一个不受欢迎的客人，长此以往只好跟那些和自己有相同境遇的老人抱团取暖，打发临死之前的这段恓惶岁月。

　　但总有不认命的老人，大脖子奶奶就是其中之一。她见儿媳蛮横不讲理，也将筷子撂于桌，撸起袖子就要与面前这头母老虎理论。这时她的年龄优势就会充分体现出来："谁还没个曾经啊，何必如此不依不饶，想当年老娘年轻时，怕过谁，你去打听打听，十里八村哪个不给我点薄面？"

　　"别仗着胸脯有几两肉就以为可以绑住我儿子，早知道这不中用的是这样一个耙耳朵，当初就不该给他讨老婆。"大脖子奶奶越说越激动，"告诉你，就你那几两肉迟早也会有下坠的那天。到时看苍天饶过谁。"

　　"你还好意思说，我嫁给你儿子受了多少委屈，不仅没八抬大轿，就连聘礼都比别人少，害我父母经常被人取笑把女儿贱卖了。"儿媳也很激动，"你也知道你年轻时对公婆不好啊，这就叫一报还一报。"

　　大脖子奶奶一听愣住了，眼泪立马在眼眶打转。看样子她真的老了，以往可以雄辩十里八村的口才也在这个骚婆娘面前败下阵来。看来不服老真不行了。但还没到最后的关头，她们还有许多招式没使出来，硬碰硬不行，就"以柔克刚"。所谓以柔克刚，是我奶奶总结出来的一套说辞。她们这些老人，虽然力气不济，但胜在走过的路比别人吃过的饭还多，这时大可以打出一张看似绵软的苦情牌，去消解对方坚硬的攻势。

而且一般这个时候都需要眼泪辅助，好在老人的眼泪就像海绵里的水，随挤随有。于是她们一把鼻涕一把眼泪地诉说自己这辈子的不易。她们的一生就像如履薄冰：生在炮火里，长在战乱中，侥幸活到新中国成立后，无奈飘扬的红旗并不能当饭吃，反而把日子过得越来越紧巴，好不容易在一阵春风里看到希望，没想到自己也老了。这张牌很有用，比斗地主时拿到两个王四个二还管用，逼得拿到一手好牌的儿媳不得不缴牌认输。这张牌不仅让生在新中国，长在红旗下的儿媳无地自容，也常让和我一样沐浴着春风出生的小孩感到老人们的不易。

这一番深情追溯苦难的举动，也在无形中戳中了做儿子的软肋。儿子眼眶红红的，瞪了媳妇一眼，走进厨房重新做一顿不放味精的饭菜。大脖子奶奶见新做的饭菜端上桌，眉开眼笑，像什么事都没发生似的，见到前几天刚找她看过病的我在一堆看热闹的人群里踮着脚尖、伸着脖子，忙把我拉进去，问我的病好些没。

每当这时，我就会跑回家，告诉不是坐在门槛上捂住耳朵，就是坐在客厅里将头深埋的奶奶，矛盾已经解决了。奶奶在门槛上把手从耳朵上摘下来，摇摇头，告诉我这才刚开始；奶奶坐在客厅里，把头拔出膝盖，告诉我这只是风雨来临之前的短暂平静。

我看奶奶是老糊涂了，明明纠纷已经解决了，非说什么这才刚开始。于是我会撇下奶奶，和刚才置身旋涡中心哭得稀里哗啦的小孩玩，小孩这时就会羡慕起我那和睦的家庭。我的家自我记事以来，不要说吵架，就连急眼都没有过。但是这个小孩不同意，他凑到我耳边偷偷告诉我，我的家庭只是对我风调雨顺，对我的姐姐却冰火两重天：当她主动操持家务时家就是一根炎日里怡人的冰棍；当她偷懒时家就是一根烧红的铁钳。而且冰棍只是偶尔才能享受到，一般对她都是铁钳伺候。

我急了，我不许他这么说我的家庭。我憋红着小脸，气得浑身发抖，站起来就要跟对方打架。对方看我不信，还想再说，被我一把缠住脖子，箍住双腿，就像一只缺腿蚂蚱，再也无法蹦跶了。但我没想到他的力气这么大，居然把我压在了地上，我被他死死压着，都透不过气了，我使劲扯他的头发，没想到却手滑了，他父母为了省事，前几天刚给他剃了个秃瓢。好在他那对招风耳让我的手有了去处，于是我双手拽着他的耳朵，让他赶紧起来。他的胳膊按住了我的脖子，见两耳吃痛，赶紧把手松开，慢慢站起来。我抓着两只猪耳朵，也赶紧爬起来，但没马上松手，我怕他赖皮，见我松手后又把我按倒在地。他低着头，变得比我矮了许多，我看到他发青的光头好像很好玩，就腾出一只手去摸他的发楂儿，很舒服，又软又硬。

他这时讨饶道："我们和好吧。"

我看到他的两只耳朵红得发紫，于是把另一只手也松开，揽着他的胳膊一起回家了。

奶奶又坐在门槛上捂住耳朵，我见她没发现我的衣服弄脏，赶紧用水随便抹了几下。然后我很快就能知道奶奶捂耳朵的用意：隔壁家又吵架了。真应了她那张乌鸦嘴。每次奶奶在别家吵架时，嘴里都会念念有词，就像和尚念经一样，我一个字都听不清。当她念完经后，或得胜或战败的大脖子老太就会来到我家。我即使有时候不在吵架现场，通过对方脸上的表情也能知道她是吵赢了，还是吵输了。

要是对方那张老脸上的五官更皱了，那就是吵输了；要是那张老脸更松了，那就是吵赢了。虽然都是同一张脸，但区别很大。这时我才知道原来人脸也像一张纸，可以揉成一团，或者撕成碎片。当她吵赢时,她就会拉着我的奶奶炫耀一个下午,当她吵输后,就会坐在我奶奶身边沉默一个下午。我不知道奶奶更喜欢哪种形态的她,反正每次她跟奶奶说个不停时,奶奶都会打断她,让她别得理不饶人,毕竟都是一家人;当奶奶见她沉默不语的时候,就会教她下次怎么吵能赢。听到我奶奶让她别太过分时,她就会大声地叫道:"现在不吵更待何时!"听到我奶奶教她的办法时,她就会小声地问道:"这样真的有用吗?"

"当然,比你给我孙子灌的药还管用。"奶奶说。

这时她才会把注意力放到我身上,但不是询问我的病情,而是冲着我长长地叹口气:

"要是小孩永远不会长大该有多好啊。"

然后两个老人就都念上了经,嘴里嘀嘀说个没完。我有时候虽然能听清楚她们说的话,但却不懂这些话的意思。反正这些话都是属于她们之间的秘密,她们也压根没想让第三者听懂。每次在我问个不休时,都会丢给我一句:"长大后你就明白了。"

"你刚才不是还希望我不要长大吗?"我问。

"哎,你的孙子好像越来越傻了。"她跟我奶奶抱怨道。

"嘘,别瞎说。"奶奶赶紧打断对方。

"我没骗你，刚才我孙子说你孙子掉进水坑里了，拽着我孙子的耳朵才爬上来。"她说，"要是不傻这么大个坑会看不到？"

奶奶这时才看到我的衣服湿漉漉的，终于信了对方的话，忙给我换衣服。我刚想解释，对方就迈着小碎步回家吃晚饭了。

奶奶给我换衣服时，我身上电光火石，经常在衣服里看到静电。而且每次梳头时，梳子总会让头发翘起来，怎么梳都梳不平，要拿水抹这些头发才会老实。就是从那个时刻起，我想为自己的头做一回主，不再听父亲的话留西瓜头。穿好衣服后，我去找父亲的刮胡刀。父亲告诉我说，只有在一个男人拥有刮胡刀后才算一个真正的男人。但我怕又像上回那样，被父亲暴打一顿，所以只好遗憾地再一次延迟自己长大的时间，把注意力放回到带静电的梳子身上。

有时候，我觉得这个世界上一切都是带电的。电能让我们在漆黑的夜晚不至于撞墙，也使我们经常遭受无法挽回的伤害。我对电的恐惧就来源于在夏天突然出现的闪电，我一方面在炎热的夏天憧憬一场雨的到来，另一方面又害怕出现让我惊悚的雷电，但是夏雨的到来常伴随着电闪雷鸣。每次都在我感觉凉爽的时候，心里怕个半死。雷电的声音太响了，好像把天都电出了一道道口子，就像裂痕密布的蛋壳。然后从这开裂的蛋壳中哗啦啦地降下一阵说来就来，说走就走的雨。

奶奶每次在快要打雷的时候都严禁我靠墙，说雷电会通过墙壁打死我。她说这话时很严肃，就像每次说深潭里有水鬼时那样。我这才知道，雷电的危险原来不亚于水鬼。我不明白这个世界怎么到处都充满着危险，天上有危险，地上有危险，连看起来最不危险的水也危险丛生。每当这时，我只能躲进我那间看起来最安全的房间，但看到从房梁上落下的尘埃，我又觉得哪都不安全。有时候，危险也是因人而异的，当雷雨停止，阳光将天空的裂缝补好后，那些避雷的同龄人就会从家里出来，手里拿着桶和袋子，跟在一个扛着一根电鱼竿的大人身后。

我被雷电吓破了胆，捂住耳朵的双手迟迟不敢放下，就怕我把耳朵一放下，雷电又突然在我耳边将我轰哭。所以我每次只能看着那些人走在放晴的路上，欢欣鼓舞地跟在电鱼人的身后，然后想象着他们把裤脚高高卷起，下到溪水里，电鱼人从下游往上游将那些躲在石缝里和水草中的鱼电晕，然后用网捕捞，丢到肩上背的鱼篓里。那些跟在屁股后头的小孩总会捡到几只漏网之鱼，当然都是一些电鱼人看不上、指头粗细的鱼崽。有些顽皮的小孩见跟在后头捡不到便宜，就会越俎代庖，跑到电鱼人前头，在电鱼人将电鱼竿触到石缝里的时候，以逸待劳，疯抢那些大鱼。

这时电鱼人就会把电鱼竿伸到小孩的小腿上，电他一跳，全身酥麻，让其被迫丢下手里的大鱼痛得龇牙咧嘴，惹得别的小孩乐得在水里打滚。捡鱼的乐趣不在于捡，而在于看别人被电。所以那些小孩虽然每次跟在屁股后头收获都不大，但只要有敢越雷池一步的孩子王，他们就会觉得不虚此行。被电的孩子王只好老老实实回到后面，看到后面靠前的位置被别人占了，就会伸出拳头让他们退后，孩子王虽然害怕电鱼竿，但对别的小孩可是从来都是耀武扬威，那些小孩也会识相乖乖后退。他们看上去好像言听计从，但经常在孩子王的背后搞些小动作，比如扬起巴掌作势要打，或者把口水吐到他的屁股上。别的小孩看到后就会笑出声，孩子王听到笑声也会把头转过去，看到后面没有异样，就会摸着头想半天，经常错过最佳的捡鱼时机。那些小孩见孩子王转身的时候，赶紧低头捡从对方裤裆下漂下的鱼。等孩子王回过神来时，不要说拇指粗细的鱼崽，就连屁都没了。

所以别的小孩也学精了，常发出哄笑声吸引孩子王的注意。孩子王在上了几回当后，学乖了，任凭身后笑声滔天，他就是盯着水面一刻都不放松。然而很可惜，收获满满的电鱼人要回家了。
而作为每次都能捡到最多鱼的孩子王看到自己两手空空，就会勒
令其他小孩把桶里的鱼抓出几尾孝敬他，哪个不从就按在水里喝
水，年纪比较小的小孩常被按得满脸青紫。当孩子王在对方桶里
没看到满意的鱼时，又会去打别的小孩的注意，但那些小孩早就
跑到了岸上，跟在电鱼人的身后回家了，还三五成群地转身嘲笑
孩子王。

一般孩子王的话只在水里才管用，谁让他不仅年纪最大，水
性也最好呢。但一到岸上，他的话就不管用了，他愤怒地追到那
些小孩的家里。别的小孩回到了家，看到父母在家，胆子也壮了
很多，对着前来敲诈勒索的孩子王挤眉弄眼。

"有本事你出来。"孩子王叫道。

"有本事你进来。"小孩叫道。

"行，你等着。"孩子王撂下这句话愤愤离去。

他迟早会找到机会收拾对方，除非别人跟我一样每天待在家
里不出门。当几天后意外在稻田里撞见，或者在路上遇见，孩子
王就会一阵风似的追上去，二话不说就将对方撂倒在地，按在地
上结结实实打几拳。小孩吓怕了，连声求饶。孩子王按住对方的

脑袋，问："还敢嚣张吗？"

"不敢了。"小孩吓得脸都青了。

小孩确实不敢了，但是他的父亲可没那么好欺负。所以当孩子王看到这厮将自己的老子叫出来后，也吓得小脸都青了，自己先趴在地上，把头钻到泥土里，讨饶道："不敢了。"

做父亲的哪会跟小孩一样野蛮，他把孩子王提溜起来，去对方家里理论。孩子王的父母正在家里晒谷子，看到自己的儿子被揪着耳朵拖进来，握紧带有齿状的晒谷耙忙问怎么回事。等搞清事情的原委后，孩子王就被关禁闭了，几天之内哪都不许去，待家里反省思过。他们不是为自己孩子犯的错误而生气，而是为孩子被人这么揪耳朵而置气。

"你怎么这么没用？"做父母的骂道，"下次在他的兔崽子身上找补回来。"

做父母的教他下次揍那小兔崽子时别让对方知道，比如趁对方不注意用石子丢他，或者在他背后踢一脚然后赶紧闪。孩子王一听，姜不愧是老的辣，所以这个禁闭也瞬间关得颇有意义起来。

孩子王不在的日子里，电鱼人还是会去电鱼。这时，就会有别的小孩在水里试图取代孩子王的地位。他在一众小孩面前说时

迟那时快一把将头浸入水里，以此证明自己的水性也不差。别的
小孩看他被呛得七窍冒水，想笑又不敢笑。

"水这么浅不算，"有小孩说，"有本事到深潭里试试。"

"行，"还没服众的新任孩子王（自封的）说，"捡完鱼就去。"

新任孩子王为了证明自己才是真正的王，在电鱼人几次口头
警告后，还甘冒被电的危险跑到前面捡鱼。电鱼人怒了，悄悄拧
大了电量，就在孩子王跳到前面时，瞅准对方的裤裆就将电鱼竿
伸了进去。后头的小孩先是听到一句杀猪般的惨叫，然后看到他
们的"王"往后摔在水里，激起一股半米来高的水花。孩子们看
呆了，都忘了去捡那些白花花的鱼。那些鱼都翻着鱼肚白从电鱼
人的身边和裆下钻出。他们都被水里那条最大的鱼即孩子王吸引
了目光。他们没有动，电鱼人也没有动，现在就是一个很好的证
明机会，若这个孩子王真像自己所说的水性比鱼还好，那他就会
很快从水里冒出头，说不定还会炫耀一下泳技。

听到他们刚才谈话的电鱼人也持有相同的看法，他悄悄把电
量拧小，然后和身后那群小孩一样静等。在等待的间隙他为了打
消这尴尬的沉默，还大方地让孩子们这回可以随便捡。但没有一
人动，他们都在看激起水花的那片水域，透过清澈见底的水面，

看到那条大鱼还没动静，也许他在故意逗他们玩，也许他在蓄势待发，总之只要在水底的孩子王还没动，在水面的这些手下也不会动。

时间一分一秒地过去了。首先沉不住气的是电鱼人，他赶紧将鱼篓卸下，放到水面，倾斜着，然后被水冲倒，里面没有知觉的鱼一条一条地冒出来。那些小孩连看都懒得看。电鱼人捞起孩子王赶紧抱到岸上，发现孩子王脸色铁青，浑身发抖，赶紧拍打他的脸，按他的胸口。在水里的孩子们也有的跑到了岸上，正看到电鱼人在跟孩子王亲嘴。他们都不知道发生了什么事，有的转头去看恢复平静的水面，水边的草被风吹起了，有几只低飞的蜻蜓在水面点水。看样子要下雨了。

就在这时，关完禁闭重获自由的真正的孩子王前来复仇了。好巧不巧，新任孩子王就是他的复仇对象。他早就知道他的仇人今天篡了他的位，带着他那帮手下去溪边捡鱼了。所以他几次央求自己的父母让他出去一趟。他父母同意了。于是这个孩子王像只欢快的小牛犊为能马上大仇得报感到激动不已。当他来到岸边的草地上时，看到很多小孩围在一起，铁定没错，被围在中间的一定就是那个让自己吃瘪的小兔崽子，只有孩子王能聚拢这么一

大帮手下，就像自己以前那样，走哪都被小孩围在中间，别提有
多威风了。

新仇加上旧恨，孩子王也不顾父母让他偷偷下手的警告了，
准备在众目睽睽之下拿回尊严，挽回颜面。于是他一把拨开看热
闹的人群，大叫道："妈的，你也有今天。"

别人一听，奇怪之余不禁为他的神机妙算感到钦佩不已。喜
欢鼻孔看人的孩子王这时才发现自己还没出手，对方就躺在地上
了，于是用脚踢了踢对方的身体。就是这个举动让电鱼人找到了
替罪羔羊。他马上站起来，指着孩子王叫道："你出手也太重了
吧，你看把他踢成啥样了。"孩子王完全摸不清头绪，正欲解释，
电鱼人就拉拢那些小孩为自己说话，并悄悄许诺以后在他电鱼时
随便捡。

有的小孩经不起诱惑，睁眼说瞎话："我要去告诉他爸妈。"

孩子王看到地上躺的仇人真的不动了，吓坏了，刚才还颐指
气使立马变得像摊烂泥，眼泪说来就来。这时真正的罪魁祸首电
鱼人还在煽风点火："乡里乡亲的，哪来这么大仇恨，我看你就
是平时嚣张惯了，看你这回怎么收场，等着挨枪子吧。"

有人把受害者的父母叫来了。做父母的看到自己的孩子被打

成这个样子，左右开弓，往无辜者脸上呼呼削了几巴掌。随后来到现场的孩子王父母见状，看不过去了，拽着对方的衣角就要理论，然后看到对方的孩子躺在地上不动了，自己的小孩这点亏不算什么，就把手给松开了，一个劲儿地用眼神表扬自己的孩子干得好。

不过他的孩子此刻已经承受不起任何夸奖了。他被吓坏了，蹲在草地上捂着脑袋不住地发抖。很快意识到情况不妙的父母也及时收回了表扬，对儿子此次竟下死手感到不可置信，不是告诉他把亏赚回来就行了吗？现在不经同意就把对方打成这个样子是什么意思？但是现场的气氛已经不由他们考虑这么多了，当务之急是赶紧查看那个小孩的伤势，然后马上送医院。自知理亏的孩子王父母此刻也蹲下来，两腿不住地发抖，就怕从受害者父母嘴中听到不幸的消息。

受害者的父母不住地呼唤，试图唤醒沉睡不醒的儿子。看到早上还活蹦乱跳的儿子现在一动不动，父母双双被揪紧的心都来不及考虑去找那个施暴者算账。而孩子王的父母每次在对方的呼唤中都会增添一分希望，但很快又失望，最后甚至都麻木了，已经提早在心里做好儿子将要坐牢的最坏打算了，想到这又庆幸孩子幸亏还不到判刑的年龄，顶多在劳教所改造一段时间。但随即又担心家里砸锅卖铁可都无法凑够赔偿一条命的钱。

他们刚开始也有过疑问，这么短的时间要打死一个人难度很大，但见众口一词都说就是自己孩子打的，这才把疑虑打消。儿子出手太重了，一定是踢到了要害才能这么快结果一条人命。为此他们不断地给受害者的父母致歉，要他们节哀顺变。

节哀顺变的意思就是他们的儿子死了，救不回来了。做父母的当然不愿意接受这个事实，他们还一个劲地掐儿子的人中，按胸口，与死神赛跑，希望把孩子从死神手里抢回来。这时，那些充当证人的小孩每个人都分到了好几条大鱼，电鱼人一个劲儿地暗示他们不要把事实说出来，还吓唬他们谁要是说话不算数就会遭雷劈。吓得这些小孩害怕得再三保证一定会做一个最守信的孩子。

我的姐姐当时也在人群里，她目睹了整件事的发生。她对送到自己面前的封口费，刚开始拿不准该怎么办。因为从小到大，从来没有一个人会为了哪怕是不可告人的目的讨好她。

"赶紧去做饭。"父亲一把将睡懒觉的她从床上拖起来。

"这么早回来牛吃饱了？"母亲关心牛的肚子胜过关心她女

儿的。

"每次就你吃得最多。"奶奶骂道。

"女娃还想上桌？"爷爷把她赶到厨房吃饭。

"不给我就告诉爸妈。"我死活要抢她捉到的蜻蜓。

所以我姐姐面对这个真凶的糖衣炮弹时，竟感受到了从未有过的温暖。不过深埋内心的善恶观却让她一度举棋不定，迟迟不敢去接送到自己跟前的那几条大鱼。她从来没有遇到过这样的难题，以往在家人的责骂中，她从未犹豫过，因为摆在她面前的只有一条路，那就是顺从对方，她可不想因为不必要的违抗而遭受不必要的毒打。

当父亲把她从床上拖起来后，她做完早饭再去洗漱。

当母亲让她把牛牵回水里多放一会儿时，她立马会把自己的肚饥丢到一边。

当爷爷不让她上桌吃饭时，她也会二话不说乖乖端着饭碗去厨房。

当我搬出爸妈时，不管手里拿的是多宝贝的东西，她都会很快献出来给我。

但现在，她却在这个对方一再强调的善意谎言面前退缩了。

她将手叠放在背后，像一个被绳索绑缚的罪犯一样。她知道只要自己一旦真的听信了对方的花言巧语，接受了对方的贿赂，她最后说不定真会被当成共犯被警察叔叔用手铐铐起来。最后，她终于找到了掂量是非的那杆秤，并决定把秤砣拨向善的那边。

"他没被打，"姐姐很紧张，"他是被电成这样的。"

这句话一出，电鱼人的脸色立马煞白，电鱼竿和那个被小孩从水里拎起来的鱼篓由不得他狡辩。其他小孩见状，内心的善也压住了恶，纷纷把手里的鱼一丢，站在我姐姐这边给她做证。但电鱼人却不承认，他拿起电鱼竿电自己，试图证明电量小得不足以致死。我姐姐一把抢过，拧大电量，然后去电草地上那些死鱼，死鱼身上发出烧煳的味道。电鱼人这才被迫承认。

孩子王的父母大松一口气，然后伙同受害者的父母对电鱼人一阵拳打脚踢。刚才还吓得筛糠的孩子王很快恢复成以往的调皮习性，并说了一句不合时宜的话：

"我就说嘛，我怎么可能比李小龙还厉害。"

说完后，发现现场气氛不对，马上闭了嘴，然后冲我姐姐咧嘴傻笑。而那个躺在地上的受害者此时也渐渐苏醒过来，原来他被电晕了，他的父母本来要送他去医院检查检查，但被大脖子奶奶拦住了，她说："浪费那钱干吗？"然后就端起一碗香灰搅拌的开水往对方脖子里灌，灌了几天还真全好了，活蹦乱跳一如从前。从那以后，孩子中就出现了两个孩子王，一个正的，一个副的。一正一副每天都勾肩搭背领着一帮小屁孩走东家串西家，威风十足的样子让我羡慕死了，不过副孩子王一直没敢再去溪中，好几次都只能远远地站在岸上，看正孩子王和那些自己也有份的手下玩水嬉戏。而那个电鱼人从那以后再也没去电鱼，别人不许他再用电，扬言发现一次就把他赶出去，甚至把他家的电线都剪了，灯泡都拆了，每天夜里他只能像倪乾南老族长那样点蜡烛。

我一直不懂，善良的姐姐现在为什么不像当初为孩子王说话那样，站出来为我说话。当我钻进丧失理智的父亲裆下，准备用手里的星星化干戈为玉帛时，父亲的巴掌却打在了我的脸上，而且我手里的"橄榄枝"也被怒不可遏的爷爷踩坏了。我看到地上碎成渣的星星，伤心的眼泪一颗一颗打在地上，我伸手去捡星星的碎片，父亲把我一脚踢到了门槛边，我的存在阻碍他的拳脚了。我最为得意的温室终于像别的小孩说的那样，出现裂缝了。父亲和爷爷扭打在一块，打得不可开交。奶奶好几次告诉我儿子打老子会被雷劈，但现在是大冬天，雷电被雪锁起来了，没有雷会去

劈父亲。所以他现在才敢仗着自己的年龄优势把他的老子我的爷
爷按在地上不断地挥拳，一边打一边骂，再也不是我认识的那个
爸爸了。爷爷也不甘示弱，拳头打不过逆子，就用口水淹死他，
唾沫都喷到我脸上了，看口水威力不大，就抬出自己的老子身份
压自己的儿子。

　　"妈的，你不说我还忘了你不是我的亲爹呢。"父亲说出一句
让我们全家人震惊的话。

月亮坝

　　每当年关在即，劳累整年的父母都会一时无法适应漫长的农闲时节，总感觉无所事事是对生命最大的浪费。他们还会习惯性地扛着锄头去往稻田，看到牛群在田里悠然地甩尾，马上放下锄头捡起土块就往牛屁股上丢，但这些牛已经不怕他们了，冬季的到来让很多之前被视为禁忌的举动成了许可。牛群在冬天颁发给它们许可证后，肆无忌惮地在稻田里或追逐嬉戏或满地打滚，经常让我的父母干瞪眼。

　　我的父母此时就会扛起锄头从哪来回哪去，身后的牛冲着他们喷响鼻。闲来无事的父母这时就会将院子里的柴全部劈了，劈完后一看时间还不到中午，听到外面的屋檐下发出阵阵笑声，也会搬起一把凳子加入那些扯闲篇的人群中。那些人坐在墙壁前，照射着冬日罕见又温暖的日光，话多得经常让我父母感到不可思议。他们可以整天整天地说下去，即使翌日重复的还是昨日的话题，但他们就是从来不会感觉疲倦。我的父母经冬日的暖阳一照，经常在大白天里滑入深沉的梦境中，他们在梦里看到稻田里的稻子长势良好，他们用自己压弯的脊背换来了这些累累的稻穗，走在田埂边由于兴奋步子都有些不稳了，需要两人互相搀扶才能视察完整片稻田。看到一头牛在偷偷吃他们的庄稼，父亲马上在田埂上健步如飞，将牛踹回路边，提醒放牛的小孩注意点。小孩抽抽委屈的鼻子，说他没有这么大的力气不让牛啃谷子。

父亲告诉他把牛绑在树上就不会吃稻子了。小孩摸摸头张嘴笑了，在我父亲的帮助下将牛系到了一棵树上，然后飞奔去找深潭里游泳的小孩。牛望着距自己只有两米之遥的稻田，没有吃的份儿，只有徒增叹气的份儿，然后仔细检查自己脚下这片被无数牛啃过无数遍的草地，连草根都难找，只好绕着树转圈，试图扯断绳子把自己从绳索中解放出来。于是那根一米多长的牛绳就这样慢慢地把它的空间越捆越窄，最后生生将一头牛变成了一只捆缚在地待宰的猪。我父亲在梦里笑了，哈喇子流了一地。

我母亲做的也是一个关于粮食的梦。她望着这一大片丰收在望的农田，心里盘算着留够全家吃的粮食后，就把剩下的全部粜出去，自从前几年政府免除了农业税，母亲手头就宽裕多了。她可以将粜米赚的钱买一群小鸡崽，她已经不信奶奶那一套孵鸡的老办法了，还是自己去买鸡崽直接饲养更加有用，这样才不会在两个月后的春节出现无鸡可杀的丢人事。这群在鸡笼里啾啾叫唤的小鸡两个月后就会变成满地跑喔喔吵人的雄鸡。

母亲嫌鸡笼里空间小，小鸡在里面长不快，就把小鸡放出来，让它们在野地这个经大自然巧手做的大鸡笼里野蛮生长。为了避免与他人的鸡混淆，母亲这时的精明就派上用场了。她在这些小鸡的头上都涂上绿色的染料，让它们戴着一顶顶"绿帽子"出现在别人的视线里。这时有些不怀好意的人就会揶揄母亲："哟，这绿帽可够多的啊。"

母亲也不恼，两个月后这些把小鸡关在笼子里的人就会上门求母亲了。他们见到我家的鸡重量十足，鸡毛鲜亮光滑，就会哀求母亲将鸡卖给他们几只。我母亲这时就会反唇相讥："不怕戴绿帽了？"这些人自知理亏，只好任由我母亲编派，脸色常常变得比我家的鸡毛还红还绿。母亲最害怕小鸡在成长过程中出现意外。当小鸡还没长大时，她害怕那些狗叼走它们；当小鸡长大时，又害怕一些缺德鬼偷吃它们。所以经常把农闲的秋冬整得比春夏还繁忙。

这就苦了我那个以为可以歇口气的姐姐。母亲只负责买鸡崽，不负责养鸡。养鸡重任由我姐姐一人承担，所以她恨死了这些鸡，经常趁没人的时候，抓住它们的脖子，往溪水里猛浸，害怕的鸡常会把头上刚染的绿色甩姐姐一脸，姐姐一摸脸，看到手上绿油油一片，生气地把小鸡崽往岸上一丢，摔它们一个狗吃屎。有些小鸡不经摔，常会摔跛脚，姐姐也不怕，就把这些瘸腿鸡用脚踩死，就地掩埋，母亲要是在傍晚点数后发现少了几只，就都推到那些狗的身上。

母亲将信将疑，前往岸边查看现场，在此之前，那些嗅觉灵敏的狗已将草地里的死鸡刨了出来。我母亲看到那些狗真的在吃自己的小鸡，就把手里的扁担重重地打在狗背上，狗负痛呜呜逃跑，嘴里叼的美食也没放弃。母亲望着跑得没影的狗，去找狗主人。狗主人也够倒霉，经常给他那畜生擦屁股，他的狗不是咬了人的屁股，就是偷吃了别人的鸡，刚赔偿好几笔医药费，现在又见到我母亲握着一根扁担满脸愠色，把头摇得像拨浪鼓，不会又咬了她那个常闭门不出的傻儿子吧。

我母亲一手握着扁担，一手拿了几根绿色的鸡毛。狗主人在绿色的鸡毛证据面前无从抵赖，说道："得，要赔多少钱你说吧。"我母亲心算能力很好，她并没有以买的小鸡的钱算账，而是把账算到了小鸡长大后的那天。

"什么？你说你的鸡能长到五六斤？"狗主人不可置信。

"这还是最次的，我每年养的鸡最重的足有七八斤。"母亲说。

"可是现在你的鸡还是小不点，"狗主人说，"我只能赔你小鸡的钱。"

"行，我现在就去把你家的狗打死，"母亲说，"然后赔你狗崽子的钱。"

狗主人一听，赶紧投降，乖乖拿出够赔一只雄鸡的钱。我母亲蘸唾沫数了好几遍这些以一块居多的绿票子，告诉对方数目不对。狗主人哭笑不得，让我母亲再数几遍，我母亲告诉他一只鸡的钱是够了，现在是要赔四只鸡的钱。狗主人一听，差点晕死过去，然后尽量控制自己的呼吸，说道："我看你还是去打死我那只狗吧。"就这样，我母亲回到家跟父亲一合计，感觉这笔买卖划算，于是就去堵他家那只狗。他们站在路口等了很久，等到天快黑了那条吃饱喝足的畜生才晃着脑袋出现。父亲往狗面前丢了一块骨头，永不餍足的狗眼瞬间发亮，将骨头咬得咔咔作响，然后父亲铆足劲将斧子重重地劈在了狗头上。狗倒在地上抽搐，狗嘴里还在咀嚼那块骨头。

父亲又补了几斧子，狗才死透。最后的结果让狗主人大呼意外，他从没想到那条畜生这么值钱，不要说买四只鸡了，就算把我家那些鸡全部购买都有富余。精明的父亲只留了一斤给全家吃，剩下的全部高价卖给别人了。狗肉大补，尤其在秋冬时节，佐以枸杞、熟地、生姜、覆盆子炖个把小时，具有温肾散寒、益气补虚的功效，让那些在床上多年疲软的男人终于找回了往日雄风，第二天人人脸上看起来都神清气爽。可惜我那个时候后脑勺大伤初愈，父亲不让我多吃，那一斤大部分都被父亲独吞了。我母亲一个劲地给父亲夹狗肉，满脸害羞地望着父亲。这一幕长久地印在我脑海里，让我不明所以。我姐姐此后不敢再虐待小鸡了。每天她都要踩着晨曦去往溪边放鸡，最后踩着夕阳把鸡赶回院里的鸡笼中。她就这样随着鸡的一天天长大而越发忧心忡忡。

母亲在梦里跟前来买鸡的人讨价还价，最后大叫道："少一分都不行。"

那些扯闲篇的人见状，纷纷挪开凳子，就怕被闭着眼睛在挥动胳膊的母亲误伤。母亲睁开眼后，发现自己在做白日梦，而且还不是在床上，而是在这些一张张老脸面前，瞬间感到难为情，将头低到了怀里。母亲偷瞄到父亲还在做梦，就用脚把他叫醒，跟他商量这样下去也不是办法，应该找点事来做。这时已经到傍晚了，我姐姐赶着鸡群正往家走。母亲跑过去清点数目，发现一只不少，就把悬着的心放回了肚里。

"溪水好像越来越少了。"姐姐告诉母亲。

母亲要是在需要灌溉的春天听到这句话，一定会很着急。但现在是万物萧条的冬天，溪水多还是少对她来说并没有什么分别，而且溪水除了在我出生第二年的夏天发过一次大水，从来都没有大过。她已经对每年春天为了水源跟别人吵架习惯了。据我奶奶讲，我出生的第二年，洪水持续了一个夏天，我现在身上穿的那条白裤子和小西装就是那次遭灾后外面的人捐给我家的衣服，看尺寸和大小是给一个十岁小孩穿的，我足足等了九年，才穿上这身让其他小伙伴流口水的时髦衣服。

很多人都不会忘记那个夏天。那年的夏天成了一个噩梦，时刻让人们对每年夏天只要超过三天的大雨感到惊恐万状。在此之前，人们觉得夏天下雨就像晚上上床睡觉一样自然，而且夏天的雨越大，他们晚上的睡眠就会越安稳。他们甚至庆幸雨下得越大越好，只要在收割之前停止就行。大雨降下的第一天夜里，他们关掉了电风扇，盖着薄被很快进入了梦乡；大雨降下的第二天夜里，他们把蚊香也掐灭，还跟枕边人温存了会儿；大雨降下的第三天夜里，他们感到不对劲了，觉也睡不好了，于是纷纷起床。

"你也睡不着啊。"睡不着的人问那些同样睡不着的人。

"这样下去会把庄稼淹坏吧。"有些人生出了担心。

"别想了，趁天凉还不赶紧回床上抱婆娘，"乐观者说，"不然天热了又嫌婆娘身上味。"

第二天一大早，他们担心的事终于发生了，而且远比他们预计的要坏。先是一些房子塌了，压死了很多人，没被压死的家里的东西也漂到了外面，不管是锅碗瓢盆，还是鸡鸭狗猪。很多人第一时间没去管这些身外之物，稻田里的庄稼揪紧了他们的心。他们急得抓耳挠腮，有屋顶的跑到屋顶上查看，没屋顶的吊在房梁上，因为家里进的水看样子已经有一米高了。

站在屋顶的人发现自己站在一片汪洋大海之中，而自己脚下的屋顶则是大海中的一座孤岛。他们站在孤岛上，看到被水淹没的农田，上了年纪的害怕几十年前的灾荒重现人间，青壮年则在考虑家里的存款够撑多久。我母亲当时一手抱着我，一手牵着刚满四岁的姐姐，父亲在身旁忧心忡忡，奶奶在心疼那些鸡鸭，爷爷则摇着头不停地说："真是天理循环，报应不爽。"

爷爷在这片大水中好像回到了三年自然灾害时期。那个时候，刚好和现在相反，整个夏天都没下一滴雨。满目皆是干涸，就连最爱哭的人在那个年月里都没了眼泪。先是耕牛由于缺水而一头头死去，然后是树木干枯，最后是农田龟裂，缺水的稻谷一吹就碎，然后被一阵热风刮散，就像蒲公英碎在风中一样。人们在那个时候没有余粮，更无存款，在"人民公社"无法再喂饱他们后，他们才真正践行自力更生的优良传统，举家出动觅食。他们先含泪宰杀耕牛，然后打那些树皮的主意，最后在田里与野狗抢食。当这些都没办法喂饱肚子后，他们打起了同类的主意。年轻的族长倪乾南那个时候充分发扬救济同宗同族的宗旨，想方设法让我们一家熬过那三年的困难岁月。

我爷爷在大水里想到这些时，对倪乾南只有感激，还没有后来的咬牙切齿。他那时甚至第一时间手搭凉棚去找老族长的家。看到老族长站在那个在他年老时经常洗澡的木盆里，被漩涡冲击得团团转，好不容易才在水面捡到一根漂来的竹竿固定方向。我

爷爷见这老鬼雄风不减当年，这才打消内心的担心。倪乾南当年
是在死人堆里一个个刨出同宗，然后背到家里让自己的婆娘照顾。
他就这样在死人堆里先后刨出了我的爷爷和奶奶。

倪乾南就这样撑着木盆，把漂在水面的值钱东西一个个用竹
竿拨近，然后弯腰低头把这些手表、自行车、缝纫机等结婚三大
件捞起来。后来从我舅舅的口中，我意外得知我们这的时间距
离外界慢了三十年，也就是说外界在当时流行的结婚三大件是：
空调、电脑、录像机。而手表、自行车、缝纫机这三大件已经
是 70 年代的老古董了。舅舅边说边对闭塞的村庄感到痛心疾首，
不过很快又说了一句令我摸不着头脑的话："说不定我过几年二
婚时的三大件就成了车子、房子、票子。"不幸的是，真被舅舅
言中了，在 21 世纪的第三年又一次迎来自己的婚礼时，三大件
真的变成了车子、房子、票子。

当这些三大件放满木盆时，倪乾南很快发现木盆即将不堪重
负。但是他一时又摸不清这些东西哪个最值钱，哪个第二值钱，
哪个最不值钱。想了半天，他决定放弃庸俗的金钱观，换成重量。
哪个最重就先丢哪个。就是这个想法让他知道了此刻的时间。他
先拿起手表，意外发现还在走，才刚到早上七点。他把手表戴在

手上，这样他才能随时随地知道他是在白天的哪个时间段。因为洪水打乱了一天之中的上午中午和傍晚。

戴上手表后，他就要掂量自行车和缝纫机哪个重了。根据经验来看，自行车自然比缝纫机轻，但更占面积，若是在水浅的河面，族长会毫不犹豫地抛弃吃重的缝纫机而选择留下轻便的自行车，但现在看来，洪水深得好像能驮起一座岛，所以老族长就先把自行车丢到了水里。水流踩着车轮，远远看上去像一架逐渐沉底的水车。丢完自行车后，族长见木盆倾斜得厉害，就使出吃奶的力气把缝纫机搬到中间。花了很长时间，缝纫机才在木盆中央站稳。在我爷爷当时的眼睛看来，老族长就像一个踩缝纫机补衣服的娘儿们。

族长撑着竹竿慢慢经过被洪水抹平的村庄，几只平常不喜欢人类的猪这时也在水里挣扎起自己的猪鼻子，哼哼唧唧地向老族长呼救。老族长两手一摊，表示无能无力。猪鼻子灌满了水，然后被水冲到下游。那些鸡鸭族长倒是施出了援手，到最后，整个木盆里都是一些鸡呀，鸭呀，屎尿屙了一盆，让最爱干净的老族长每次都要矮身把水兜在掌心，擦洗沾到鸡粪鸭尿的衣服。

吊在房梁上的人像一只只蝙蝠，看到了救世主倪乾南的出现，马上开口呼救。他们的声音旋即被洪水吞没，声音消失在声音中，堵塞了族长当时的视听。那个时候，族长还耳聪目明，还不像后来那样老眼昏花。吊在房梁上的那些人都是一些家境清寒的外姓，还住在土坯房里，屋顶都是一些瓦块，人站在上面就像踩在玻璃上，而且也没有楼梯通往屋顶，只能吊在房梁上等待救援人员的到来。刚开始他们看着脚下的洪水，心里满怀希望，就像他们每天在新闻联播里看到的那样，哪里遭了灾，哪里就有解放军的身影。

他们等了很久，解放军迟迟未到，就在力气快要耗完落水时，意外看到了倪乾南的到来。首先看到老族长身影的是吴家，吴家是倪乾南救援途中经过的第一站，那个时候吴小刚刚满三岁，没有力气和他的父母一样悬挂在房梁上，幸好他那张一直睡到十二岁的床救了他一命。他的床不是真正意义上的床，而是每年脱粒用的粮柜。吴家要到两年后的 21 世纪才用上和我家一样的脱谷机。

在此之前，他们每年夏收和秋收时，都扛着这个粮柜到田里，别人则是抬着脱谷机。粮柜很宽，可以装进两个并排躺的大人；也很深，三四岁的小孩站进去看不到外面。白天是吴小刚的父亲用一根竹竿横放进去，肩扛到地里后，将粮柜放在事先把稻子割完的一个正方形里，然后抽出竹竿，四周围上一张草席，然后吴小刚的父亲就会握起一把割好的稻草，把稻穗重重打在粮柜中，那些谷子经过这么一摔一打，就会从稻草里分离，飞到外面，最后在草席的拦截下一粒一粒地落到粮柜中央。

而我家因为有脱谷机，就方便多了。我父母经常在割完稻子回家的路上看到吴家还有一大堆稻谷没脱粒，收割好的稻谷在吴父两侧摆得高高的，后头堆的则是脱完粒的稻草。相比于脱完粒的矮稻草堆，没脱粒的高稻草堆看上去就快倒了。置身其间的吴父则像一只可怜的蚂蚁，要赶在夏雨到来之前把这些庄稼都搬回家。有时我父亲会不计前嫌，将脱谷机借给吴家。吴父没想到这个机器这么好使，脚踩了个把小时就把这些手动脱粒需要三天的活儿都干完了。

晚上吴小刚睡在里面浑身发痒，整晚抓痒的动静经常打扰父母的睡眠。吴父这时就会怒火中烧，将家境的贫寒归咎到这个还对世事一无所知的小孩身上。吴小刚此后抓痒只敢偷偷抓，好像头上有点痒，就把父母忙得没来得及给他剪的手指甲放在头上，边抓边留意外面的动静，抓完头皮后好像后背也痒了，于是就侧身抓后背，没想到脚踢到了粮柜，发出好大的动静，吓坏了，马上停下来听听父母的床上有无异动。

没有，于是吴小刚赶紧挠，挠得痛快极了。痒是会传染的，先是从头上开始，然后波及全身，最后连脚指头都痒不可耐。吴小刚常常把自己全身抓出一道道血痕，不知道的人还以为他每天都被他老子毒打。那年夏天，三岁的吴小刚依旧这么抓痒，刚开始他由于害怕打扰到父亲，不敢去抓，因为那天还没到收获季节，以往抓痒还情有可原，现在抓痒要是被父亲发现一定会骂他没事找事，说不定真会把他揪起来痛扁一顿。他先试探性地抓了一下，父母没发现，然后为了证明父母是不是真的睡死过去了，就用小拳擂了粮柜一下，父母真的没有听到，还在发出如雷的鼾声和磨牙声。

吴小刚抓完全身后停下来听动静，发现父亲的鼾声和母亲的磨牙声好像消失了，等他继续抓脚指头时，他似乎听到了流水声。而且那个以往距自己很高的屋顶此时也触手可及了，这时他才意识到大事不好，咧开还没长牙的嘴哭得透不过气。他的父母听到儿子的哭声，终于松了口气，他们此刻吊在房梁上，看到儿子睡在一艘船上，水只能从窗户和门缝里进来，不能将这艘船拐到外面的洪流中。没想到一直被人冷嘲热讽的贫穷此刻竟救了他儿子一命。吴父在心里默默感谢救苦救难的观世音菩萨，然后他就真的看到了一个同样坐在船里的观世音菩萨前来普度他们一家了。

倪乾南是通过吴小刚的哭声救了他们一家的。倪乾南循吴小刚的哭声而去，用竹竿撑到吴家门前，再用竹竿将他家那扇破门一把捅开，然后就看到吴父吴母挂在房梁上，脸上大汗淋漓，吴小刚躺在粮柜里哭得满脸泪水。倪乾南的木盆装不下这么多人，最后只好让吴小刚一家团圆，把粮柜推到吴父吴母的脚下，让他们跳进去。吴小刚的父亲迟疑了，他怕粮柜装不下这么多人，还是他那个婆娘二话不说落了下去，粮柜没事，还很稳，吴母抱起吴小刚坐在左侧，右侧则高高翘起，就等着自己的丈夫跳下来平衡了。吴父见状也顾不了这么许多，跳下去后才发现自己的粮柜真的太结实了。

于是我的爷爷就看到了两艘往自己摇来的船。倪乾南将船开进了我家，然后让我家人搭把手将他救的这些人畜，物件搬到楼顶。站在屋顶上的除了我那一家人，多了吴小刚一家，而族长和我父亲则回到了船上去救梁家、李家和温家。最后我家房顶上聚满了一村大部分人，很多人当场再三感谢倪乾南。但族长却说了一句让这些人摸不着头脑的话："以后我再也不用电了，妈的，刚才老子的鸟都被电焦了。"

这场水灾持续了一个夏天。那年秋天，我们全村都收到了外面的捐助。我父母见分到自己家的是一身我当时穿不上的衣服，脸色马上不好了，着实被负责分派赈灾品的老族长骂了一顿，并说了一句颇有前瞻性的话："以后就能用上了，到时说不定别人羡慕你还来不及呢。"不得不说，族长和我舅舅一样都有神奇的预测能力，十年之后当我穿上这身以前穿不了的衣服时，真的有很多人羡慕起我，纷纷说道："真是人靠衣裳马靠鞍，还别说，真挺像城里人。"

我在别人的羡慕声里昂首挺胸，赚足了虚荣心，自动忽视了别人的下一句话："可惜是个傻子。"当姐姐那天告诉母亲溪水变少后，很久没出门的我又想穿起那身让我最为自豪的衣服出去风光了。

"难道又有人在上游筑坝？"母亲问。

在我还没被限制自由时，我经常和小伙伴去小溪的上游用沙子筑坝。流水量的减少常常让小溪一分为二，中间是一个裸露的沙滩。我们估摸着哪边水少就往哪边堆沙，将沙滩上的沙子用塑料袋装，然后堵住左边的水源。很快，右边的水流变大了许多，而左边那条支流里暴露出来的鱼儿就会试图跳到岸上。筑坝的乐趣除了逮鱼，堆沙也很好玩。有时我们觉得用塑料袋装沙无法直接触摸到沙子的绵软，就改用手捧沙，一个一个接力的方式拦截水源。后来我在电视上看到那些解放军叔叔在水灾现场也和我们使用了同一种办法。他们是用麻袋装沙，然后堵住出水口，当出水口来不及堵塞时，就会把人体一个个叠在上面，受灾者这时就会一个个踩在人体上及时逃生。

沙子的手感很好，我的注意力很快从沙坝上转移到了沙滩上。沙滩已经被我们挖了一个又一个的坑，里面很快渗满了水，我只好蹲下来两手使劲地掘坑，但很多时候掘坑的速度都赶不上冒水的速度。我见沙坑变成了一个深潭，就会另挖一个，两手将沙子刨到水里，让那些正在筑沙坝的小伙伴吃惊不已，他们为我不给他们提供沙子而生气。

但是我已经对那条长城似的沙坝没有兴趣了，仅靠沙子不能完全堵住水，要在里面堆上石块才能让沙坝坚持的时间久一些。那些在洪水里坍塌的房屋就是因为没有用上石块和混凝土，才会被水冲垮：洪水浸泡着泥墙，将泥墙变成泥沙，然后清澈的雨水

就会变成泥沙俱下混浊的洪水。很多人都说，要是房子结实点，
发大水的那个夏天就不会有这么多人被冲走了。溪里的这条沙坝
很快被水冲破了防线，首先是石缝里敷上的沙子被冲走了，看上
去就像一条全身是漏洞的长城，然后是那些看起来坚固的石块也
被冲走了，溪流又恢复成了一分为二的老样子。小伙伴为自己辛
苦一天的杰作就这样轻易被冲毁，将气撒到我这个不能说没出过
力，只能说出力没有他们多的半个功臣的头上。

　　而且毁于一旦的沙坝让那些以为可以手到擒来的鱼也跑光
了。他们带来的水桶和网兜一时成了摆设，好像在笑这些人是傻
瓜。这时我还在不断地掘坑，把好好的一个沙滩挖得像一个癞痢
头。他们看我撅着屁股，头低到裤裆里，好像在撅着屁股嘲笑他
们，一把将我踢到了我自己挖的坑里，他们看我在沙坑里使劲挣
扎着，大叫道："这就叫自己挖坑自己埋。"我呛坏了，头上和脸
上都是沙子，嘴里的沙子让我的口腔流血了。我就这样哭着跑回
家跟我父母告状。

　　"怎么了？"父亲着急地问道，"又掉坑里了？"

　　"我被别人推坑里了，"我哭道，"他们坑我。"

　　"在哪？"父亲问。

"在月亮坝上。"我回。

父亲这时才知道，自己的儿子一直被别的混蛋欺负，而且那些人还把自己做的坏事说成是我脑子不好使的缘故。父亲气坏了，让我赶紧带他去找那些王八蛋。当父亲来到我所说的月亮坝时，瞬间觉得他的儿子可能真的脑子有问题。哪有什么月亮坝，就是一个沙坝，那些人重新筑了一座。所以父亲认为我言过其实了，他儿子真的可能是自己掉到了坑里。那些小孩见我把父亲叫来了，一个个呆住了，不敢动。父亲让我指认真凶是谁，我很开心，负着手，大步走到他们跟前，伸出手指将他们每个人戳了一遍。父亲没想到真凶不止一个，而是一大群，看到这些小孩手里不是握着石块，就是拿着铁锹，有些吃不准自己能不能打过这些小兔崽子。

"真是他们？"父亲的意思是让我随便指一个。

"对，他们是一伙的。"我说。

父亲拿出一支烟疏解内心的紧张，我看到太阳底下父亲一根接一根地续着烟，水里那些缺水的鱼儿翕张着嘴呼吸。父亲的手在发抖，那些小孩的心在发颤。在这种令人窒息的沉默中，只有风吹禾苗的声音，余晖笼罩在山顶，有牧童赶牛的吆喝声远远地传来。最后终于有一个小孩忍不住了，他撇下手里的石头，向父亲讨饶道："对不起，我下次再也不敢了。"我看到对方好像尿裤子了，将笑声捂在喉咙里，不让它跑出来。父亲听到后，丢下烟蒂，他脚边已经堆满了烟屁股，二话不说一脚将这小兔崽子踹到了水里，让他变得跟那些挣扎求生的鱼一样在水里蹦跶。这个杀鸡儆猴的举动立即镇住了全场，其他小孩也丢下手里的石头和铁锹，父亲挨个扇了他们一巴掌，让他们以后老实点。当这些小孩都跑光后，我看到月亮升起来了，他们重新堆砌的这个沙坝很结实，宛如将月亮装在了盆里。

那时的父亲我很喜欢，一点都没有后来将我踹到门槛上的那个父亲凶恶。才过了没多长时间，父亲就变得和从前不一样了。那时的父亲愿意陪我在沙滩上玩很久，即使月亮挂得老高，只要我还不想回家，他就会一直陪我玩到尽兴为止。好在有月光，我可以在沙滩上重新挖坑，而且每次在我挖到搬不动的石块时，父亲就会撸起袖子帮我移走这些讨厌的石头。

父亲的力气真大啊，就像收获季节搬那些粮食一样，他很快把石头堆得高高的。我在父亲的帮助下，也将坑越挖越大，越挖越深，然后央求父亲让我躺进去和月亮面对面。我一直没告诉父亲，我很羡慕吴小刚，他每次都在我面前炫耀他坐在船里看月光的经历。虽然奶奶好几次跟我说，那次的受灾死了很多人，可我就是忌妒当时的吴小刚。凭什么他可以坐船，我这么一个时髦的小孩却连船是什么样子都不知道。

我到现在都无法直观了解那次的水灾，因为每个人口中的灾害都不一样。在吴小刚的嘴里我甚至觉得发大水也是一件好事儿；在我奶奶的嘴里，灾害就像闪电一样可怕；在我爷爷的眼里，水灾就像睡在夹缝里一样拥挤；在我父亲的眼里，水灾最费汗水；而在族长倪乾南的眼里，水灾很能考验一个人的身体素质。说一千道一万，不管我的家人把水灾描绘得多么可怕，都在吴小刚眼中的当年明月之下不值一提。

父亲见是夏天，躺在水面没什么要紧，就同意了。我很开心，衣服都来不及脱就躺了下去，透心凉的水面让我感觉很舒服，但我此时来不及体会水的清凉，我得马上找到天上那轮月亮的位置。月亮被树梢挂住了，我盯着看了很久，月亮还是一动不动。为了尽可能地体会吴小刚当初的感受，我使劲地挪动自己的身体，用各种角度面对着月亮，但是我虽然动了，月亮却依旧不动。这时我才知道，自己躺的是一艘固定的船，而吴小刚那艘是会动的。

　　于是我从沙坑里爬起来，二话不说跳到了溪水里。没想到溪水这么深，快将我淹没了，我手脚并用才从水面探出头，终于看到了那轮月亮，但此刻的月亮却像被打破的镜子，在时而冒头时而灌水的我看来，就像影影绰绰的晨雾那般不真实。直到此时，我才意识到自己已经喝了好几口水了，我看到父亲还在背对着我撒尿，他还没发现他的傻儿子就快被淹死了。我看到父亲裤裆的那一泡长长的尿撒得像一个世纪那么漫长。一个世纪过去了，他终于撒完了，把手蹭蹭裤子，然后转身看我，却发现我消失在了坑里，忙跑过去看，坑里什么都没有，只有汩汩冒出的水在不断地填坑。

　　就在我快要失去知觉时，父亲才发现我。他跳到我身边，将我一把抱到草地上。我终于感觉到躺在了一块最坚实的土地上。我慢慢睁开了眼，看到一脸着急的父亲。我冲着父亲笑道："爸，我们回家吧，月亮一点都不好看。"父亲如释重负，脱下自己的衣服裹在我身上，然后背起我走在月光洒满的路上。

玩具

　　我的姐姐初始放牛时一直迷路，找不到回家的路。六岁那年，母亲递给她一根绳子，姐姐那天和其他女生在那棵槐树下跳绳。她不知道自己无忧无虑的童年始于绳子，也将终结于绳子。姐姐看到这根粗壮的绳子一时没理解母亲的用意，直到看到母亲身后的那头小牛犊，早熟的姐姐才明白她以后都要浪费半天的时间在这头牛犊身上了。

　　姐姐不情愿地牵着黄牛犊上山，那个时候我们家里还没有豢养水牛。姐姐在这个同样还处于蒙昧状态下的牛犊身上悲哀地发现她非但没迎来自己梦寐以求的求学生涯，反而要做一个女牧童了。一个女娃放牛不合规矩，但一切规矩都可以在我父亲的规矩下改变。父亲的意思是家务活还由那时身体尚好的奶奶承担，女儿只管每天把牛喂饱就行。

就这样，我六岁的姐姐牵着这头牛犊上山了，走到半山腰时，她转身眺望山脚下的家。我那个时候刚满两岁，每天不是被奶奶抱在怀里，就是坐在摇篮里，我见姐姐那天早上牵着一头牛走出家门，便淘气地用小指头去戳牛屁股，笑得很大声，姐姐听到笑声气得跺脚，然后使劲拽着牛绳。我看到姐姐走出家门后，渐渐隐没在晨雾里，直到看不见。姐姐每走一步都要回头，因为牛不听话，在前面拽不动时就得在后面赶。她站在山腰下看到那个让自己的美梦破碎的家，又看到四周都是不认识的草木，蹲在路边哭了。

等觉察到拽在手心的牛绳好像滑走了，她才抬起满脸泪痕的小脸去找牛。看到牛在旁边看着她，一双大眼睛里印出了自己的哭脸，姐姐破涕为笑。这头牛犊刚买来不久，对这个陌生人，陌生的环境也不太适应，它的内心当时五味杂陈，一方面为终于逃离那个经常鞭笞它的家庭而感到庆幸，另一方面又担心重生之路是否依旧布满荆棘，等看到我姐姐的笑脸时，这头牛犊终于放心了，爱笑的主人脾气都不会太坏，于是它低下头安心去啃食路边的野花野草。

　　我的姐姐捡起牛绳，不让牛吃那些野花，但牛偏要吃。人和牛一时僵持不下，在一根绳上较着劲。姐姐喜欢这些鲜艳的花朵，想要采一朵夹在耳上，而在牛的眼里，不管是草还是花，都是果腹的食物。姐姐见自己力气不够，就拿起一根枯枝作势要打，这个举动让牛犊挣脱了牛绳，撒腿跑到了山上。姐姐见手被勒痛，赶紧撒手，然后也不去管那头逃跑中的牛犊，蹲下来将野花采个满怀，仔细挑选其中开得最艳的一朵戴在自己的头上。她边采边丢，姐姐身后很快变得繁花似锦，等到日头升得越来越高后，身后的野花都在太阳底下枯萎了，而眼前却再也无花可采。

　　这时姐姐才想起那头牛，小心脏吓得扑通直跳，赶紧踩着这些野花跑进山。山林很深，那是姐姐第一次发现丛林居然像黑夜那般深邃，地上落满了枯黄的松针和坚硬的松果。姐姐走在上面小心翼翼，就怕掉进大人所说的墓穴里。走了几步，发现地很结实，于是抬起头去辨认这些树哪些是松树，哪些是杉树。奶奶教过姐姐辨认的方法：松树叶长得像针尖，杉树叶像梳齿。姐姐捡起一根松针，刺在指肚上，然后捡起一片杉树叶，把它当成梳子一样梳理刚才被风撞乱的刘海。

　　走了几步，前方出现一块长满苔藓的巨石，姐姐爬上去，瞬间感觉凉飕飕的。她躺在石头上看着被树叶遮蔽的天空，在树叶比较稀疏的地方，阳光长驱直入，在地面照出一个个镜面般大小的光圈，而在树叶浓密的地方，只有鸟儿啾啾的声音。山上一切都是新奇的，开启了姐姐重新认识这个世界的大门。她甚至打算以后就睡在山上了，届时自有树叶当被，巨石当床，耳边传来的除了风声就是鸟声，不会再有让她时刻提着心的责罚或谩骂。不过很快姐姐就感到有些害怕了，她在死寂的山林中被自己吓得大惊失色，很多以前从大人嘴里听到的可怕之事就这样一桩桩一件件地浮现在她面前。

"山上有很多女鬼。"奶奶说。

姐姐不敢爬起来，误将手上爬过的蚂蚁当成了索命的魔爪，吓得使劲挥动手臂。那只蚂蚁掉到了石上，循着苔藓丛中那条无人注意的小径走了，姐姐站起后看到那列被自己冲散的蚂蚁队伍，把心按回胸腔。但是林风又让她觉得四周都布满了危险，她慢慢地抬起头，去看阳光热烈的树梢，上面被树枝切割的湛蓝天空让她的心绪稍平，然后才敢去看脚下的这片茂林，几只鸟在地上互相追逐着，掠起浮光一片。就在姐姐彻底安心时，突然看到那些松树叶和杉树叶中缠了一缕头发，就像被梳子咬下的乱发一样。

一双穿着绣花鞋的脚悬挂在她面前，被风吹得飘来荡去。这双绣花鞋做工精美，比奶奶每年缝制的那双还漂亮，上面还用针线织了一对鸳鸯。姐姐有点害怕，不敢跑下去，把视线慢慢往上移，一张煞白的脸就这样出现在了她面前。这个女人吊在树上，披头散发，舌头伸到了下巴，撑大的眼睛似要吞掉日光，手上的指甲像松树叶一样尖，杉树叶一般长。

姐姐捂住眼睛不敢看。她没想到她真的见到了奶奶所说的女鬼。奶奶说这些女鬼都是一些不守妇道的荡妇变的。很久以前，这些荡妇遭受了最严苛的惩罚，不是被浸猪笼，就是骑木驴。奶奶为了让姐姐能直观理解这些处罚的严重程度，经常夸大事实。

"把那些荡妇关在猪笼里，"奶奶喜欢在黑夜跟姐姐讲这些事，"然后把猪笼丢进深潭中。"

"为什么只把她们丢下水？"姐姐问，"那些经不起诱惑的男人怎么没事？"

奶奶没想到姐姐会这么问，一时愣住了，只好转移话题，告诉姐姐什么是木驴：

"木驴就是在一块木头上竖一根二寸来粗、一尺多长的圆木棍儿。"

"做什么用？"姐姐问。

"让那些荡妇坐下去，"奶奶说，"捅死她们。"

"那有没有在身上挖齿洞的木驴？"姐姐问，"这样就可以把男人插进去痛死他们。"

奶奶讲的这些故事在我姐姐身上统统没有收到她想要的效果，这小妮子总有办法找到故事的漏洞，当场让她吃瘪。奶奶讲了几百遍这些故事，从未发现有什么不妥，还在每次讲完后劝诫别人：女人守节天经地义，男人偷吃习以为常。没想到每次都被不按常理出牌的姐姐搞得下不来台。从那以后，奶奶盯上了姐姐，害怕那时才五岁的姐姐提早对男人产生兴趣。

"为什么不是反过来？"姐姐问。

"反过来日月就颠倒了。"奶奶说。

姐姐没想到奶奶没有骗她，她现在真看到了这些被各种酷刑处死的女人。她看到树上很快吊满了女人，真奇怪，既然处罚有效，为何还有这么多女人前赴后继地走上这条犯罪之路。再看时，这些女人好像在树上荡秋千，还招手让姐姐过去玩。与此同时，树林的尽头出现很多非牛非马的四蹄动物，即是奶奶口中所说的木驴。这群木驴背上都驮着一个女人，跑得很快，那些女人竟然不持缰绳就可以在上面坐稳，看来真的和木驴合二为一了。

姐姐见这些女鬼没有伤害她，壮胆盯着她们看，发现她们长得很漂亮，都生有一副让姐姐当时渴慕的面孔：柳叶眉，鹅蛋脸，桃花眼，樱桃小嘴。当时的姐姐还没长开，她的眉毛稀稀落落，颧骨很高，眼睛也眯着，至于那张嘴更是老起皮。姐姐这时才发现，原来犯罪也要有资本的。等她想走近时，一声牛哞瞬间打破了她的幻想。那头牛犊不知何时来到了巨石下，正张着嘴呼唤姐姐。姐姐的幻想一经打破，立时对看起来恐怖的丛林嗤之以鼻，然后跳下巨石，牵牛回家吃午饭。

牛犊吃饱了，肚子都坠到了地面。姐姐牵牛经过那些农田时，发现刚栽禾苗的农田布满了蹄印，禾苗也缺了一大片，转头看到这头牛犊的蹄子上满是淤泥，牛唇不断反刍着，心里明白了大概，赶紧换到牛后，扬手驱赶。牛犊拔腿跑得飞起，把我姐姐的步子拖得踉踉跄跄，好像我姐姐是被牵的牛，牛倒成了放牛人。

当姐姐被牛带到一个陌生之地时，她才知道迷路了。牛回到了原来那个家，把新家忘在了脑后。此时刚好是中午，这里的人们正在屋外吃午饭。姐姐仔细打量这些吃饭的人们，看到他们鼓动的喉结，将口水咽了好几升。她被牛带到一户人家门口，牛发出叫声，很快从里面跑出一个衣不蔽体披头散发的女人，然后一个边走边穿鞋的男人出现在了门框里。这个男人满头大汗，看着女人远去的背影，紧张的神色让姐姐误以为里面着火了。等到对方见到是一个小女孩和一头小牛犊时，他才倚靠在门上，重重地吐了口气。

"吓死我了，"他说，"我还以为那婆娘回来了。"

直到此刻，这个男人才认出眼前这头前几天刚卖出去的牛犊。他近前摸了摸牛头，牛害怕地往后退了退。姐姐提醒他这是她的牛。男人笑了，问姐姐叫什么名字。

"奶奶告诉我不要跟陌生人说话。"姐姐瞪着眼睛说。

男人听后，让我姐姐快点回家，别让家人着急。我姐姐说的一句话却让这个男人误以为这是一个离家出走的小孩："我家人只关心牛。"

然后姐姐坐在台阶上，看吃饱的牛反刍，小肚子也在叫唤。陌生男人看我姐姐一个劲地在摸肚子，好心请她进去吃饭。但被我姐姐拒绝了："别想引诱我犯罪。"

这句话让男人大为紧张。他以为刚才的事被人发现了，就一个劲地套这个小女孩的话。套了会儿话，才发现原来自己吓自己。

他从我姐姐的话中发现这个小女孩不知在跟谁怄气，索性不再理她，赶紧进屋收拾好凌乱的床铺，然后趁婆娘回来之前把最后一道菜做好。

姐姐坐在台阶上越坐越饿，而且里面还不停地传出香味。姐姐忍得很辛苦，不知道该不该进去，每次动摇时，奶奶就会在耳边不停地说话，每次决定就这样饿下去时，肚子又在叫个不停。她一下子变得无所适从，不管最终做出什么样的决定，都无法同时满足自己的欲望和奶奶的期望。就在姐姐准备进去时，远远地看到一个怒气冲冲的女人跑过来。

这个女人挽着裤脚，小腿上都是泥巴，就连手上的那把锄头都燃烧着怒火。她每跑一步，地上就多出一个脚印。这个大脚女人一阵风似的推门进屋，吓了我姐姐一跳，然后姐姐就听到里面传来锅碗瓢盆互相乱撞的声音。我姐姐的内心此刻也紧张得乱撞，她以为真是自己偷吃了属于这个女人的那份午饭，但摸摸瘪肚后才发现，原来偷吃还停留在构思方面，并未付出行动。对方的怒火不是冲她撒的。

姐姐没再理会里面的吵闹声，而是去看地上的脚印。那些脚印由远及近，越来越浅，很奇怪，明明这头母老虎跑到眼前时，姐姐才感受到不可遏制的怒火，为何那些脚印却越近越浅。姐姐只有每次生气时才会踩脚，把步子走重，没想到这个女人刚好和她相反，越生气反倒走得越轻，就像一只猫那样。对了，奶奶说过，抓奸现场要把脚步放轻，不然就抓不到正行好事的狗男女。干坏事的男女比鬼都精，一点风吹草动都会让他们像耗子一样溜走。

姐姐甚至起身去看那些脚印。这些大脚印比姐姐的手掌还宽，姐姐把手放进去时，还能看到五根脚指头，而她已经尽量张大五根手指头了。她先从最深的脚印开始量起，发现这些脚印能装下她的两个巴掌，这时她才发现这个女人是平足，因为这些脚印中间的泥也很多，而姐姐的脚则是弓足，每次光脚踩晒在院子里的稻谷时，中间经常少一块。就这样，一个弓足的女孩当场丈量一个平足女人的脚印。越往后量，这些脚印变得越小，最后姐姐甚至用一个手指头就能盖住这些淡淡的脚印。

当姐姐从远处量到门槛边时，嗅到了一股菜烧焦的味儿。刚才那阵让她馋虫蠕动的香味顿时变成了一股蛆虫翻滚的臭味。而且臭味越来越重，好像真的把屎盆子搅翻了。里面吵得很凶，别看姐姐年纪小，但她早已习惯这些吵闹了。她只是感到奇怪，为什么在这片陌生的地方，也上演着这种吃力不讨好的吵闹。每次父亲和爷爷奶奶吵架时，姐姐都不会像我一样感到害怕，而是作壁上观，不是坐在门槛上，就是跑到屋檐下，里面吵得越大声，她的心情就越好，还每次都做鬼脸吓唬躺在摇篮里的我。

但这次的吵闹却让姐姐害怕了。以往家人的吵闹只有主旋律的骂声，没有摔东西等一些副旋律烘托点缀。也就是说，她不怕人们的口角，就怕人们挟刀具以令彼此。她还不习惯这个已经破碎的世界在她面前再次破碎。所以，当她听到里面摔东西的声音越来越响后，她顿时怀念起了自己那个吵斯文架的家庭。

此时，吃饱的牛也从地上站起来，走到屋后，用头蹭着牛圈。但里面的牛妈妈还没回来，还在地里拖着铁犁，望着一大片未耕完的田直摇头。姐姐看到牛犊流眼泪了，上午还是透明的眼球此时沾满了眼屎，几只嘤嘤叫唤的牛虻站在睫毛上，让牛使劲眨巴着眼。它的牛尾也加快了甩动的速度，尽力驱赶四周越聚越多的蚊虫。姐姐拽起绳子准备带牛离开此地，但牛犊像一块雕像一样，死活不愿动弹。

它想把牛圈的门撞开，然后躺在母亲每夜躺的地上，再次体会一番只在梦里才会重现的舐犊情深的温暖。然而这扇简陋的木门阻止了它这个卑微的梦想。姐姐好几次想把木门打开，但又害怕牛犊进去长睡不起。不仅婴孩，牛犊也会赖在母亲的体温中不思进取。比别人提早断奶的姐姐很明白这个道理。姐姐使劲拽着牛绳。牛犊依依不舍地看了一眼熟悉的牛圈，终于转身跟随姐姐的脚步走回那个新家。姐姐牵着牛走过门前，耳边的吵闹还未停止。只有在她越走越远时，才能完全屏蔽那些声音。

当姐姐放了几年牛后，逐渐摸清了山的脾性。她知道山在四季分别长什么样：经春水浇灌的山像一把能掐出水的韭菜，夏雷闪过的山比耳蜗更深，秋风拂过的山换了红装，冬雪让山一夜愁白头。到最后，在山上放牛的姐姐甚至能指引樵夫砍柴，带领上坟者找到祖宗墓地。而那头黄牛犊也渐渐长大了，与姐姐感情日笃，每次下田耕作时，总把父亲顶到沟渠摔个狗吃屎，需要姐姐安抚良久才会乖乖听话同意父亲执犁耕田。

我的父亲在女儿六岁，儿子两岁那年做了一个慎重的决定：给姐姐买一头牛，给我买一个玩具。这个决定对于姐姐无疑是一个晴天霹雳，但对我来说却是喜从天降。大部分小孩在玩兴最重的几年，经常不知玩具为何物，等到可以自己买玩具时，童年又早在指缝间溜走了。我的父亲很理解这种时光与欲望擦肩而过的遗憾。所以在那个夜晚，他在床上当着枕边人说出这个决定时，我的母亲着实有些不知所措。因为这样一来，买牛的钱就有些不够了，又不能挪用其他的钱。当时我和父母住一个房间，父母睡在床上，我睡在床边那个摇篮里，听到父亲要给我买玩具后，本来熟睡的我突然间睁开了眼睛，高兴得攥起了小拳。

"瞧把这小兔崽子给乐的。"父亲说。

母亲却忧心忡忡，她担忧地看着父亲，发现丈夫的眼里光芒四射，这是一种在大人身上极少见到，只有在我喝够奶时才会出现的心满意足的神采。那个夜晚，父子俩眼里同时出现了这种神态，让母亲对她那个逆向生长的丈夫有些害怕。父亲没有理会母亲的担忧，而是起床抱我，把我逗得前仰后合。

"买小牛犊不就行了。"父亲一锤定音。

我的姐姐也不知道从哪里听到父亲要买玩具的决定，高兴得一连三天躺在床上睡不着，她有理由相信，这个玩具是给自己买的，虽然她目击过无数弟弟跟姐姐争抢东西的现象。姐姐虽然小，但很清楚姐弟争抢的背后实则父母的想法最重要。所以那些经常争夺姐姐心爱之物的弟弟并不是靠自己的力气争夺成功的，而是背后的父母出力最多。有些做姐姐的为此还跑去跟父母告状，经常遭受斥责也就不难理解了。

"让一下弟弟会死？"做父母的骂道。

好在那时我才两岁，即使要跟姐姐争宠，也还要好几年的时间，所以姐姐对这个提前知晓的惊喜报以过高的期望也在情理之中。而且，临近九月开学季，若是第一天上幼儿园就能抱着一个玩具出现在众多小伙伴面前，那这个玩具就不只是玩具这么简单了。

姐姐躺在床上想象着小伙伴争先恐后玩她玩具的盛景，有些没摸到玩具的小孩还倒在地上哭鼻子蹬腿。并不是每个小孩都有资格玩，要姐姐看得顺眼或者嘴甜的人才能玩，每天还要限制玩的人数，一天只有五个名额，没轮到的人要是想玩，姐姐就会将玩具抱紧在怀里，大声说道："明天赶早。"而且，由于玩具稀缺，或许还能靠此赚点零用钱，按出价高者分配玩的人数，这样一来，即使最后玩具报废，赚到的钱又可以买一个新玩具。想到自己的求学生涯都有源源不断的新玩具和零花钱，姐姐就有些激动了，几次在床上弄出很大的动静，害得跟她一起睡的奶奶以为这小妮子鬼上身。奶奶把会驱鬼的大脖子奶奶叫来，姐姐在大脖子奶奶面前还是激动得无法自持，还用自己的手去戳对方的大脖子，搞得大脖子奶奶以为自己这回遇上了法力高强的鬼怪。

在大脖子奶奶作法驱鬼的同时，姐姐在脑海里看到有几个小孩居然无动于衷，只顾埋首课业。为了扩充手下的人数，姐姐伙同他人孤立这几个不识时务者，时间一久，这几个硬骨头一定会臣服在她的石榴裙下，到时整个班级都会唯其马首是瞻，待时机成熟之际，姐姐再腾出手来在其他班级开疆辟土，直至整个幼儿园都在姐姐的掌控之下。想到这，姐姐脸上难掩兴奋，让大脖子奶奶以为姐姐体内的鬼怪正在抵御自己的施法。大脖子奶奶不敢再大意，甚至连水都来不及喝，嘴里念念有词，绕着姐姐走了一圈又一圈，手上那把拂尘一会儿挥向姐姐脸上，一会儿又挥向姐姐身上。

与此同时，买完礼物和牛犊的父母回到了家。母亲先把牛犊关在牛圈，然后和父亲一道跨进门槛。我躺在摇篮里看到父亲手上的玩具盒，被大脖子奶奶作法吓哭的眼泪顿时从脸颊抹去。姐姐看到回家的父母，忙跑上去，撞了大脖子奶奶一个满怀，大脖子奶奶扶住椅背，大叫道："这鬼太厉害了。"然后将桌上放凉许久的茶水一咕噜地灌下肚。姐姐忙抢过父亲手上的玩具盒，发现这个玩具比自己想象中的更好，是俄罗斯方块掌机。姐姐正欲拆封，就被父亲制止了。

父亲喝道："给弟弟的。"

姐姐一听，霎时天昏地暗，幼儿园的那些小伙伴都抱着胳膊看她笑话，老师也勒令她上课认真听讲，别东张西望，要玩玩具叫父母买去。刚才还对她言听计从的小伙伴一转眼就集体将她遗忘了，她好几次想推开拥挤的人群看一眼那个让自己心心念念的玩具，却在密不透风的人墙前孤立无援。人群中间传来她弟弟得意的笑声，姐姐蹲在地上将头埋进膝盖，没脸见人。期待了几天的惊喜瞬间变成了惊吓，姐姐伤心的眼泪汹涌决堤。她边哭边对即将到来的开学季感到一股不可名状的恐惧。她害怕上学后，同学都变成了那个抢她玩具的弟弟，而且她的前后左右的课桌上都坐着她那个霸道的弟弟，她被自己的弟弟围在中间，呼吸不畅，逃不走挣不脱。

母亲说道："你的玩具明天就知道了。"

听到母亲这句话的姐姐破涕为笑，她的弟弟又变回了躺在摇篮里的那个小屁孩。她现在不敢再过分夸大自己的想象，只好先让自己不安分的思绪老老实实地待在脑海里，等到明天到来后，再把它放出来，到时众人簇拥的风光局面自会重现眼前。大脖子奶奶看到姐姐终于恢复了常态，以为自己的法力发挥了作用，很高兴，再三嘱咐了奶奶一番，又迈着小脚离开了。

这一天的晚上让姐姐备受煎熬。"明天"被种在心头太久了，她不知道将会从明天这棵树上结出什么样的果实。联系弟弟的玩具来看，这粒果实只会更大更饱满，但出于对明天的极度不安，她又害怕这棵树由于遭受连日来的烈日曝晒或骤雨狂风而再也无法结出让自己心头雀跃的果实。这个夜晚变得格外漫长，姐姐好几次起床跑到客厅，发现离上床睡觉才过去半个小时。姐姐看到躺在床上的时间比较慢，就在客厅干坐着。以往她在客厅偷看电视时，时间都过得飞快，没过一会儿，几个小时就过去了，没看一会儿，父母就干活回来了。当姐姐想让时间走快时，都会拧开电视，让时间在电视剧中或新闻联播里白驹过隙；当姐姐想让时间走慢时，都会躺在床上，让自己的想法在蚊帐里或棉被中度日如年。

姐姐想在客厅故技重施，打开电视机，又怕声音吵醒睡熟中的家人，说不定被搅扰好梦的父亲一气之下就会掐死她心里那棵越长越高、将要结出果实的树苗。本来姐姐想静音看电视，但是电视没了声音就像玩腻的玩具，没有一点意思。只有晚年耳朵越来越聋的奶奶才喜欢看无声电视，刚开始，奶奶将音量放到最大才能听清剧中人讲话的声音,这种分贝的声音常让家人不堪其扰,但每次拧小后奶奶都会发脾气骂人,只好暂遂奶奶的意。长此以往,父亲无意间发现电视的声音开大开小对奶奶来说都一个样时,这才发现,这老不死的彻底耳聋了。

姐姐还小,世界对她来说,才刚奏出简谱中的 do,她可不想这么早扼杀其余的 re、mi、fa、sol、la、si。奶奶的世界里已经唱响了休止符,她的世界正欲凯歌高奏。姐姐坐在无声的客厅里感受着奶奶经常感受的一切,突然发现人的一生由声音和无声组成:始于声音,死于无声。只有时钟嘀嘀嗒嗒的声音提醒她还活在有声的世界里。听到时钟的声音,姐姐很快推翻了自己的看法,其实无声也是声音的一种。就像她此刻在期待的明天,期待本身也是明天的一部分。

姐姐再看时钟,发现已近午夜三点。还有三个小时就到早上了,明天只有当早上到来以后才作数。姐姐重新躺到床上,很快就在睡梦中打发了剩余的三个小时。当鸡啼第一遍时,姐姐还不敢确定明天是否变成今天已来到她的床头,只有当晨光钻进门窗照到她蚊帐里时,明天才真正变成了今天,提醒着她的梦想将在这天实现。姐姐很早就醒了,但是她不敢马上穿衣起床,她在静等。很多时候，梦想的实现总是有迹可循，譬如过速的心跳；灾难的到来也同理可证，譬如老鼠集体过街。她知道今天迎接她的不是集体过街的老鼠，而是无法克制的心跳。她躺在床上等了很久，没有听到一点动静，甚至母亲也没来叫她起床。她以为一家人肯定都坐在了饭桌前，桌上放着那个让她心醉神迷的玩具。就像经常在电视里看到的那样，给女儿过生日时，瞒着当事人，当事人以为家人遗忘了自己的生日时，总会被突然出现的生日蛋糕惹下眼泪。但是姐姐等了很久，都没等来那个叫她起床的声音。

最后，她自己先按耐不住从床上爬起来，她偷偷把头探出房门，她甚至事先想到了家人坐在饭桌前的姿势和神情：母亲故意在端菜，父亲依旧绷着脸，奶奶喂我吃饭，爷爷抱着碗在喝粥。只有当她最终出现时，家人才会不约而同地将这个礼物递到她面前，要是适逢生日的话，搞不好还会唱那首不在调上却能让她倍感幸福的生日快乐歌。

但姐姐将头探出后却发现客厅空空如也，桌上什么都没有。姐姐顿时心如死灰，她明明看到家人就坐在饭桌前等着她的到来，现在却一个个在她眼前像泡沫般粉碎，消失。每个泡沫里都是一张家人的脸：以往父亲落座的位置上，父亲紧绷的脸在红色泡沫里破碎；母亲的位置上，母亲忙碌的脸被黄色泡沫挤碎；爷爷的位置上，爷爷喝粥的声音被蓝色泡沫稀释，奶奶的位置上，奶奶喂我的动作被绿色泡沫哭碎。最后五个色彩斑斓的泡沫被来自门缝里的阳光戳破，消失在姐姐那张渴求了许久现在变得了无生气的黑白双眼里。

姐姐忙跑到门边，门外也没有，甚至那些聒噪的鸡也不见了。伤心的姐姐坐在门槛上忘了肚子饿。直到此时，她才冷静下来回想昨天父亲给他儿子玩具的具体时间。一定不是早上，早上的时候，姐姐还在遭受大脖子奶奶不厌其烦的鬼念经，应该是在上午九点的时候，当大脖子奶奶在姐姐面前绕了无数圈眼看那个大脖子越发肿胀时，父亲才将脚跨进门槛，把玩具送到弟弟的面前。想到这，姐姐转过身去看时间，幸好还没到九点，吓死了。此时门外的那棵槐树边传来小孩跳绳的声音，姐姐跑过去，二话不说跳进了绳里，并跟上了那两个小孩晃绳的速度。

姐姐当时扎的马尾辫随着自己跳动的姿势忽上忽下。愈跳姐姐的心愈定，很快她就诸事不想，沉浸在跳绳带来的愉悦中了。其他小女孩看到姐姐跳得比她们好，同意了她的加入。姐姐在跳绳的过程中听到她们在讨论几日后的开学季，她们第一次上学，不知道上学需要注意什么。有的小女孩说要给自己换发型和衣裳，有的小女孩问学生要不要化妆，就像电视上那些大人每次去一个地方时都要涂口红抹粉，还有的女孩问在学校里饿了怎么办。姐姐听到这些话后笑死了，虽然她也还没上过学，但她随后说的一句话却让这些小女孩信以为真："上学带玩具去就行。"姐姐说完这句话后，这些小女孩又在讨论该带什么玩具，有的说带沙包，有的说带跳绳，还有的说带积木，但都被姐姐否决了。

"带这些也不怕被人笑话。"姐姐说。

"那你带什么？"别人问。

姐姐一时被问得语塞，而且别人起码还说的出一些玩具的名字，而她在昨天之前除了跳绳连一个玩具名都讲不出。她虽然想说俄罗斯方块掌机，但怕待会儿收到的不是同样的让别人笑话，所以她转动着眼珠准备卖个关子。

"到时你们就知道了。"姐姐说。

姐姐不说这话还好，一说就勾起了这些小女孩的好奇心，一个个都央求姐姐快说，快说。姐姐没想到玩具还没到手，就提前享受到众人重视的感觉，心里乐开了花。她也很想说，但还未见到实物时，信口开河到时怕遭人话柄，不管别人怎么央求，就是不说，死活都不说。姐姐的这个举动让这些小女孩越发好奇了，这些刚才只是随口一问的小女孩在姐姐严实的嘴中把她的玩具等同于过年的压岁钱。她们很羡慕还没到过年就提早收到压岁钱的姐姐，虽然她们没有收到，不过仅仅知晓面额就让她们别提有多激动了。所以她们加大了催问的攻势。就在姐姐准备搬出她弟弟的玩具堵住这些喋喋不休的嘴时，母亲的叫声让姐姐赶紧挣脱了她们的拖拽。

姐姐跑到母亲身旁，闪烁着眸子将母亲全身上下看了个遍，并未发现有什么玩具。懊恼的姐姐跺了跺脚，让母亲赶紧拿出来，别再吊她胃口了。母亲从女儿的话语里以为她提前知道了，于是将藏在身后的牛绳放在姐姐伸出的手掌里。姐姐定睛一看，发现手掌心放了一根手指粗细的牛绳，然后从母亲身后出现一头还没长角的牛犊子。

"我不是说这个，"姐姐乐了，"我是说玩具。"

"什么玩具？"母亲问。

姐姐仔细看了看母亲的脸，发现母亲不像说谎的样子。姐姐不死心，跑到母亲身后看，发现母亲身后也没有，又用手去摸，身上也没有。看到自己的期待落了空，姐姐这时没有哭泣，而是抬起头用眼睛狠狠地瞪着母亲。母亲不敢直视女儿的目光，将头别到一边，告诉女儿另一个惊天噩耗。

"你爸说你就别上学了，"母亲怯懦着说，"你以后只管放这头牛就成。"

其他小女孩一听，笑得差点岔了气，敢情她说的玩具就是一头牛啊。

方圆

　　父亲对这个看似高瞻远瞩的决定颇为自得，按他的想象，我当时虽然只有两岁，智力远远达不到玩游戏的水平，但就像那头小牛犊，只要经过半年的放养，来年春天总会长成一头耕牛。只要再过几年，我就可以熟练地玩俄罗斯方块。从这个方面来说，当时两岁的我倒有点像那头小牛犊，而那个俄罗斯方块掌机则是我的姐姐。我的喜怒哀乐都系于这个游戏机身上。至于那头小牛犊的温饱，一切都要看姐姐的脸色。

　　每天清晨，天还蒙蒙亮，姐姐就牵起牛绳去放养那头牛犊，我就抱着游戏机吃惊地看着方块迅疾填满整个游戏机屏幕，然后一次次重来。刚开始，方块总要填满五十次屏幕后，姐姐才会放牛回来，后来，方块只需填满两次屏幕，姐姐就回来了。我以为是姐姐偷懒提前把牛牵回来，没想到原来是我玩游戏的水平进步神速。

我也在这种日复一日的游戏中渐渐长大。姐姐穿的那件衣服也由于胸前激凸的两点而逐渐变得不合身。这两块拳头般大小的凸起让姐姐很快疏远了家人。以前她洗澡时都在屋檐下浇一桶水完事，现在她洗澡时总在厕所磨蹭良久。从那个时候起，我就发现原来长大的标志是洗澡时间越来越长。而这个几年前让我分外宝贝的游戏机也让我弃之如敝屣。刚买来时，不要说姐姐，就是父母想看一眼我都不乐意，每天都抱着它睡觉生怕被人偷走。现在只有到实在无事可干时，我才会把它从哪个蒙尘的角落找出，活动活动手指，待消除了几行方块，我又立马感到索然无味，让方块兀自横七竖八地摆放，直到整个屏幕看起来都像漏水的屋顶，每当这时，我只要将新出现的方块移动、旋转，然后对准缺口，很快就能消除一行又一行，到最后，屏幕上的破屋顶就会变成刚砌起来的四四方方的墙壁，直至不剩一行。然后我听到姐姐放牛回来了，就把它一丢，独自跑开，耳边只传来方块落地的声音。

姐姐将牛关好后，拿起我遗在地上的游戏机，发现游戏机死机了，每当这时，她就会求助于我。我拿过游戏机，卸下电池，装上然后开机，递给姐姐，看到她对这个小孩子的玩意玩得如此忘我，我总是无法理解。看到姐姐逐渐凸出来的前胸和翘起来的屁股，我都会把视线转移到门外的一阵风或天上的一朵云身上，但脑子里姐姐的身影却越来越清晰。

我能掌控游戏机里的方块，也能填补游戏机中的缺口，对现实世界却刚好相反，我不明白由一个个人组成的世界为何如此复杂，前后出现的不同面孔让我经常在人类世界里寸步难行。父亲给我游戏机的初衷一来是让我锻炼智力，二来是让我能在特定的空间里循规蹈矩，不至于逾越雷池，但最后却适得其反，我虽然习惯了游戏机中的游戏规则，却在现实世界的规则面前束手无策。后来我才知道，用俄罗斯方块等同于现实世界无疑异想天开，游戏中只有方，而现实世界除了方还有圆。这也是父亲不厌其烦教导我无规矩不成方圆的道理所在。

而且随着我对游戏心生疲惫，我被迫只能把注意力放到人身上。以往那个能让我忘记周遭的游戏已经不复存在了，我必须学会在现实中如何运用"转移、旋转、摆放"等手段来摆正自己的位置。从这方面来说，已经对人类世界了如指掌的姐姐在游戏里却像个学生，她只要学会游戏中的规则就行了。直到此时，我才找到导致我深陷困境的罪魁祸首就是我已经不是小孩了，这也让我悲哀地发现如果说姐姐的长大始于洗澡时间越来越长，而我的长大则以手忙脚乱为标志。

在我更小的时候，我吃饭睡觉走路都凭天性，没有人会过来教训我说吃饭不能吧唧嘴，睡觉不能踢被，走路不能弓背。自从我离开摇篮的怀抱后，世界对我来说就变了一个样。我必须学会各种规矩，才能适应"无规矩不成方圆"的世界。每当我稍稍偏离轨道，就有很多相干或不相干的人跑出来，告诉我此举不合规矩。我转眼变成了一只被网困住的蜘蛛，不知路在何方。

姐姐比我早几年适应这个世界。在她六岁那年被迫上山放牛不久，她就及时抛却不满，拥抱新生。父亲刚开始还以为姐姐会想不开，说不定会伴随那头初生牛犊一起消失在山里，或者从哪个水库发现姐姐的尸体。水库出现的尸体，大都是从外地嫁过来的小媳妇。这些小媳妇不远千里嫁到本地，发现丈夫和婆家均和自己的想象有所出入，而且甜蜜的日子只在孕期这短暂的十个月左右。待发现诞下的是女孩后，不仅婆婆的脸色变得十分难看，就连丈夫每天都没有好脸色。很多小媳妇无法适应这前后巨大的差异变化，一时想不开，投身入水。有些适应能力强的小媳妇就会咬紧牙关，将日子熬到女儿长大成人后也就解脱了。父亲此举是让姐姐提前适应这个残酷的世界，但他当时并没有把握姐姐能按照他的想法行事，所以在姐姐第一天放牛迟迟未归时，父亲为自己提早将女儿置于水深火热之中感到后悔不迭。

已经下午一点了，女儿还没有回来。倒是母亲看得比较开，她关心那头花了大价钱的牛犊胜于关心自己的女儿。所以在父亲满脸愁容担心女儿安危之际，母亲念叨的都是那头刚买来的牛犊。父亲被念得头昏脑涨，发了火，母亲被吓得一个骹觫，及时闭了嘴。父母两人最后甚至做好了人牛齐失的准备，父母兵分两路，一路挨个打听今天有没有发现死人的消息，一路去问哪里还能买到牛犊。

捞尸人是一个老年人，骨瘦如柴，一双小眼睛经常发出令人不适的狡黠之光。这种光芒甚至能把死人盯活，如果死人刚好是一个女性的话，捞尸人的目光会更为炽热。很多人家的小媳妇自杀的消息一般都由他送来。爷爷曾经打趣道："这厮和乌鸦一样能带来晦气。"所以在不死人的日子里，很多人都对他唯恐避之不及。尤其他身上无法形容的气味更是连小孩都望而却步。每个人都盼人好，只有他盼人死。因为如此一来，那些鳏夫出于对他辛苦捞尸的付出，会碍于情面付他点钱。靠死人维持生计的捞尸人在小媳妇接二连三投水自尽的日子里，着实过得滋润不已。在自杀潮过去而其他男丁又未到娶亲之时，他的日子慢慢败下去了。

所以当他看到我父亲前来打探消息的时候，以为又有生意上门，眼眸瞬间光芒四射，让我父亲难以直视。我父亲的话还没说完，对方就扛起那个打捞尸体所用的网兜跑出了门。此举让我父亲火冒三丈，跟在对方后头骂骂咧咧。捞尸人以为我父亲是在骂自己那个短命的女儿，就像以往他将尸体扛到别人家里后听到的那些对死者的咒骂，丝毫没想到父亲是在操他妈日他祖宗。捞尸人对每个水库和深潭都很熟悉，他先带父亲去了那座经常淹死小孩的深潭，当时潭水在午后两点阳光的照射下，生出静谧如镜的闲适之感，在这样的环境下，谁都不会联想到死人身上，只有这个能在最细微处嗅出死人气味的捞尸人知道，此时的平静恰恰蕴藏着汹涌澎湃的危机。

捞尸人兴奋难耐，他先把网兜探进水底，然后像捞鱼那样捞出一些生活垃圾和藻类植物，最后甚至连死去很久的鱼都捞上来好几条，没想到连一根头发丝都没捞到。对方脸上有些挂不住，二话不说跳进水里，试图在水底那些石头缝里找到一点蛛丝马迹。

父亲站在岸上等了很久，看到这厮在水里像条鱼那样熟练，啐了口唾沫，等到捞尸人最后从水面探出脑袋后，父亲发现对方的脸色铁青，嘴唇发紫，赶紧拿起对方放在岸上的网兜，将他一把拖了起来。

父亲看到对方像条落水狗一样狼狈，悄悄转过身把憋在胸腔的笑声一指缝一指缝地笑出来，然后回过头用咳嗽正色道："看来你不知道啊。"这句话让对方脸色更难看了，他躺在地上休息了几分钟，然后站起来告诉父亲此处没有，定在别处。这个别处就是山里的水库。当父亲和对方来到水库后，再也不敢大意，而且他内心还隐隐感到不安。捞尸人没有说话，他看着微澜的水面，想从某一层水纹中看到死者的衣服：死者一般都用身上的穿戴告知他具体的浮尸方位。捞尸人大致扫了一眼水面，发现不远处有块红色、与澄明的水面格格不入的异物，与我姐姐当天所穿的衣服颜色一致。

于是他将我父亲撇到岸上，纵身一跃，径直游到异物处，发现原来是一张红色的塑料袋。捞尸人将带水的塑料袋随手抛到岸上，然后前后游了好几圈，还是遍寻无着。在捞尸人跳下水库的当儿，我的父亲大为紧张，看到他逐渐靠近红色异物，甚至连呼吸都突然中断了，而且他女儿的音容笑貌也不由分说地在他脑海浮现。直到此时，我的父亲才意识到自己对年仅六岁的女儿未免太过残忍了。父亲哆嗦着双腿，无法控制自己的颤抖，在内心不住地祈祷上天千万不要让他白发人送黑发人，等看到对方手里提起的是一个塑料袋后，父亲稍微平静了一点，但还是不敢丝毫放松，此时的他就像紧绷的橡皮绳，指不定什么时候就会由于用力过度而绷裂。

捞尸人捞了几遍后，还是没有收获。他灰心丧气地爬上岸，喘着粗气望着这汪以往让他感到莫名亲切的水面，不禁有些陌生起来。最熟悉的水库都没有，其他地方他就真不知道了。他没想到现在的年轻一代居然连死都死得这么标新立异，死得让他无所查找。父亲未见女儿的尸体，终于把跳到嗓子眼的心吞咽回去，这才抽出空当吸口烟，并分了对方一根。对方接过烟，猛吸了一口，呛得涕泗横流。捞尸人很有骨气，没有捞到尸体死活不要父亲的报酬，并扬言迟早有一天不会让父亲失望。父亲听到这话后，像吃了只苍蝇般难受，虽然他知道对方并没有恶意。

"希望你保密。"捞尸人说。

从未失手的捞尸人今天竟在阴沟里翻了船，害怕父亲将此事捅出去，再被别人添油加醋一番，到时不仅疏远他许久的活人，甚至连赖以为生的死人生意说不定都会果断抛弃他，那他就真的成了孤家寡人了。最后在父亲的再三保证之下，捞尸人的眸子重焕光彩。

日头已经偏西了。我的父亲和这个人憎鬼厌的捞尸人走在下山的路上，途中碰到了很多不明真相的群众。这些人对我父亲竟和捞尸人为伍大感不解，甚至还将我父亲拉到一旁悄悄问明缘由。我父亲不敢如实相告，决定随便扯个谎圆过去。就在此时，一个扛着锄头的男人怒气冲冲地跑到我父亲面前，大骂道："找了你这么久原来你躲在这里。"

"怎么了？"我父亲问。

"还好意思问怎么了？"对方怒火中烧，"你家的小兔崽子放牛把我家的水稻都吃光了。"

"在哪里？"我的父亲很激动。

扛锄头的人看到我父亲不仅不生气，还如获至宝的样子，以为对方在使迷魂阵。经我父亲再三催促，这个男人才带我父亲来到半山腰一块农田边。父亲看到这块损失惨重的农田，喜不自禁，忙问自己的女儿现在何处。这就让受害者有些看不懂了，刚开始，这人以为对方会因此对女娃下死手，毕竟小孩没力气制止牛已是常识，要怪就怪这个狠心的父亲，居然让这么小的孩子独自上山放牛，所以死活不告诉父亲我的姐姐在哪里。

我的父亲以为对方用女儿威胁从而索取高昂损失赔偿费，有些生气，但想到女儿还好端端地活在这个世上，瞬间又对身外之物嗤之以鼻起来，遂安慰对方道："放心，我赔你两块田的粮食。"这就有点出乎对方的意料，一时搞不清我的父亲葫芦里卖的什么药。双方站在原地僵持了几分钟，最后对方终于将我父亲领到我姐姐面前。

在一棵树下，父亲看到了久违的女儿，那头稗草和稻谷不分的牛犊被系在树旁。我姐姐睁着一双惊恐的眼睛不敢看自己的父亲，还是我父亲一把揽过自己的女儿，在她额头上亲了又亲，然后又死死地抱住，死活不松手。这一幕不仅让旁人，就连我姐姐也有些摸不着头脑，她没想到从来对自己冷眼相对的父亲此时却生出万般柔情，竟变成了世界上最可爱的父亲。我的父亲过了很久才松开自己的女儿，然后把姐姐仔细看了个遍，发现女儿连根汗毛都没少，重重地松了一口气。

"乖女儿，饿了吧，想吃什么？"父亲说。

我的姐姐狐疑地盯着自己的父亲,以为眼前的不是自己的爸,
而是别人的爹。但看了好几眼,就是自己的老子,一点都不差。
那双经常迸射出怒火的眼睛旁还是有那颗痣,那个经常吼她的嘴
巴上胡楂儿还是这么硬,反正五官都是那老不死的,唯一不同的
是,此时脾气暴躁的父亲俨然变了一个人,一时让我姐姐无所适
从。过了很久,我的姐姐终于壮起胆子说:

"我,我想要一个玩具。"

父亲正欲答应,只见从上山的路上涌来一群黑羊,领头羊脖
子上挂着一个铃铛,叮当声和咩咩声很快打破了山腰的宁静。回
到路上的父亲等人只好侧身给这群黑羊让路,在一坨坨移动的黑
点中,父亲见到自己的婆娘与那个牧羊人有说有笑地走来。父亲
跨过碍事的黑羊,冲到母亲面前。母亲见到丈夫激动地说:"我
们买一头羊怎么样?"

在父亲去找捞尸人打探消息时,母亲来到养牛人家。她先来
到那些养黄牛的人家,问问他们有无牛犊出售。牛的主人正在家
里吃午饭,他们的牛关在牛栏里卧在稻草上反刍,看到端着饭碗
的主人和一个陌生的女人出现在自己面前,将头甩到一边。母亲
看到那头刚屙下的小牛犊甚至还不会站立,只好来到养水牛的人

家。水牛的主人没有黄牛主人正经，得知我母亲的来意后开了一句让我母亲脸红很久的玩笑："现在还没到发情期，哪来的牛犊。"母亲听后低着头急急走开，遇到了牧羊人。

牧羊人正准备去山上把那群黑羊赶回家。我的母亲当时也不知道哪根筋不对劲，竟拉住牧羊人的胳膊询问对方羊耕田能不能实现。牧羊人身上一股羊膻味，即使每天洗了无数遍澡，走在路上的时候还是能闻到从胳肢窝里传出的异味。为此他经常被人取笑，本来他们的家族就有狐臭，现在还养这群味道更重的黑羊，真是"臭味相投，臭上加臭"。所以当他被我母亲拉住时，以为这个女人胆敢公然当面取笑他，赶紧抱住双臂，不让胳肢窝露出来，并大声解释道："没有了。"母亲见他答非所问，想走，被很快回过神来的牧羊人叫住了：

"我看可行。"

这句话让我母亲好像抓到了救命稻草，以至让这个跟土地打了几十年交道的女人昏了头脑。举个不恰当的例子，用羊来耕田就好比让男人怀孕。且不说羊有无那种力气，就算是有，羊的聒噪声也会让耕田者不堪其扰。耕田耕得好好的，羊动不动就咩咩叫一声，心理素质不好的人会当场吓瘫在泥里，说实话羊的叫声太像女孩的哭声了。但奇怪的是，养了几十年黑羊的牧羊人就是不知道这个道理，或许他觉得世间万物大抵一致，既然洗澡能将狐臭盖过，羊耕地也不是什么难事。吃错药的母亲当场表示要买一头，要不是牧羊人的黑羊还在山上，或许这笔把我父亲蒙在鼓里的买卖就做成了。

　　牧羊人让母亲跟他一起进山，当场挑选一头适合耕地的黑羊。上山的路很长，母亲走得脚上起了泡，还是没有看到黑羊的踪迹，正当她以为对方是不是走错的时候，只见牧羊人低头捡起一粒野果，放在鼻子上嗅了嗅，母亲也学着对方的样子捡起一粒放在鼻间闻，发现味道和真正的野果出入极大，这才知道这些一粒粒的玩意不是什么野果，而是羊粪。牧羊人告诉母亲，这些羊粪让很多小屁孩误以为是野果，捡了好几裤兜回家放进菜篮里洗，没想到越洗这些野果越小，就在野果将要消失在哗哗的水流之下时，有的小孩二话不说赶紧攥起一把往嘴里塞，呛人的味道让他们立马小嘴一撇，当场哭了起来，并张着一嘴来不及吐掉的羊粪去找他们的父母，做母亲的看到儿子一嘴乌漆墨黑的东西，以为这个傻儿子竟饥不择食到吞锅灰的地步，再也不敢只顾和别人闲聊忘了做饭，马上拿起菜篮去摘菜，发现菜篮里黏糊糊一片，忙凑上去闻，这才知道事情缘由，二话不说就揪起小兔崽子的耳朵，打骂不停。

母亲听后，笑出了眼泪。牧羊人循着羊粪很快发现了自己心爱的那群黑羊在山坡上晃着脑袋吃草。牧羊人吹响了自己脖子上挂的口哨，黑羊听到后，在领头羊的带领下，集体迈着吃饱的身躯摇摇晃晃地来到牧羊人面前。母亲看到只有领头羊脖子上挂了一个铃铛，很好奇。牧羊人告诉她，当他没空上山赶羊的时候就会把这个重任委托给领头羊。领头羊脖子上的那个铃铛就像自己脖子上的那个口哨，随时提醒着群羊该下山回家了。等群羊吃饱喝足后，领头羊看到天色已晚，就会通过跳跃奔跑让铃铛响起来，群羊听到铃铛声，就会跟在领头羊的身后，走上那条来时路。有时候，有些调皮的羊羔经常会被一片落叶或者一只鸟儿吸引注意，导致跟不上大部队，这时，每走一段就会停下来用鼻子清点羊数的领头羊就会知道走失的羊羔，然后摇动着脑袋，让迷失荆棘丛中的羊羔在铃声的指示下回到队伍中。

"用鼻子清点数目？"母亲感到不可思议。

牧羊人告诉母亲，每只羊都有固定的气味，而且每只羊的气味都不一样，这些气味早已在领头羊的大脑内做好标记，这也是领头羊之所以领头的原因所在，因为一出生就对气味敏感，和别的地方以力量和块头来挑选领头羊不同，牧羊人遴选领头羊的标准从始至终只有一条，即对气味敏感。当领头羊用鼻子感知发现少了一种气味时，就会知道少了一头羊，这时它脖子上的铃铛就派上了用场。很多时候，领头羊不知道有些羊不是迷路走失了，而是被牧羊人卖了，就会站在路口摇晃铃铛良久，直到体力不支口吐白沫，那些羊还是没能走出丛林深处或在山涧里咩咩跳出。领头羊就会不情愿地领着其他羊回家，回到家后不敢面对牧羊人的眼睛，就像一个做错事的小孩卧在地上，生气地用头撞地。牧羊人这时就会轻抚其耳，告知它真相。得知真相的领头羊这时就会从脑海中把卖掉的羊的气味抹去，然后恢复成领导的样儿，在羊圈里被众羊簇拥。

母亲听后想起了自己那个苦命的女儿，倘若牛也有这种本事，女儿也不至于至今生死不明。牧羊人不知道母亲心中所想，以为对方在打领头羊的主意，再三强调除了领头羊，其他羊都好商量。就在此时，母亲发现齐整的黑羊队伍乱了，那只领头羊着急地咩咩叫唤，等父亲跨到母亲身边时，母亲下意识地拉着丈夫的手臂道："用羊耕地你说好不好？"

"好个屁。"父亲骂道。

直到此时，母亲才见到失而复得的牛犊……还有女儿。她不由分说地奔于牛前，揽着牛头死死不撒手，唯独忘了我姐姐的存在。姐姐见母亲真的爱牛胜过爱她，又用眼睛剜她。每次姐姐心生不满时，就会用这种眼神看人。父亲在姐姐更小的时候以为她斗鸡眼，求医问药许久，每个医生诊断的结果都不一样，最后还是在一个赤脚医生那里找到病根。

"把爱多给你女儿就不会斗鸡眼了。"赤脚医生道。

父亲听闻，大为不解，但又没有更好的法子。为了验证对方的话，在我出生前把大部分的爱都给了女儿，女儿的斗鸡眼真的好了。只有在我出生后，父亲无暇他顾，把所有的注意力都放在我身上时，姐姐的斗鸡眼才故态复萌。当姐姐逐渐长大时，父亲发现女儿的斗鸡眼好多了，不是因为他重新爱自己的女儿，而是我的姐姐已经学会了逆来顺受，或者让自己看起来逆来顺受。现在父亲重新看到女儿给婆娘翻白眼，前尘往事一起涌上心头，瞬间红了眼眶。我那个揽着牛头的母亲还不知道自己被女儿恨上了，当着牛的面说些让牛高兴，让姐姐伤心的话。

"瞧你肚子瘪的，"母亲说，"没把你放饱吧。"

　　这句话一出，姐姐终于忍不住了，眼泪湿满衣襟。父亲还来不及用衣角给女儿擦眼泪，姐姐就抛下众人往山下跑，却被眼前的这群黑羊挡住了去路。黑羊队伍经我父亲一撞，很久都没能恢复秩序，领头羊好不容易将羊数清点完毕，正要整装待发，又被一个脸上挂着两行泪的小女孩冲散。一时之间羊和人都无法再往前走一步，姐姐生气地抬起脚踢了领头羊一下，痛得领头羊咩咩直叫，脖子上的那个铃铛也响乱了节奏。群羊一听，发现此时的铃铛声竟变成像屠羊时的锣鼓庆贺声，吓得马上作鸟兽散，涌往四面八方，消失在牧羊人的眼前。牧羊人赶紧吹响口哨，刺耳的口哨声让我父亲怒火中烧，以为对方在取笑自己，取笑自己这个怪异的家庭，一把夺下对方脖子上的口哨，并在其脸上挥了三拳。

　　第一拳下去，牧羊人眼前金星直冒，像走路踉跄的酒徒，脑袋像个取水的瓢，清水和浑水共装一瓢；第二拳下去时，牧羊人像赌桌上输急眼的赌徒，脑袋里票子哗哗作响，眼前被红的、绿的、紫的搞得眼花缭乱；第三拳下去时，牧羊人就变成了洞房花烛之时的新郎，情难自已手忙脚乱，误把父亲的骂声当成了新娘的呢喃情话。待三拳打完，一向理智的牧羊人也像此时的黑羊，迷失了方向。领头羊见自己的主人被打，也不顾走散的群羊，奋蹄撞父亲。父亲手握羊角，一把将领头羊掀翻在地，并在羊肚上踢了两脚。

牧羊人听到羊叫声，恢复了常态，也不顾擦拭口鼻流出的血，眼看就要和我父亲同归于尽。我父亲为了防止对方再反抗，将他死死按在地上，要不是捞尸人和我母亲相劝，说不定牧羊人那天会被揍得更惨。最后牧羊人和那只瘸腿的领头羊骂骂咧咧地滚下了山，花了很长的时间才找全逃窜的群羊。这一幕让我母亲好似见到了以前的父亲。母亲生下姐姐后，有一天很多人跑到家里不由分说就要把母亲拖到县里结扎。只生了一个女儿的母亲哪会同意，而且当时她已经怀了我，但当时丈夫又不在家，于是母亲就坐在地上拖时间，只要拖到丈夫回家，就能保住肚里的胎儿，就在这伙人准备动用车辆将我母亲运到县里时，我的父亲回来了。父亲几拳就把这些充当帮凶、多管闲事的臭娘们打跑了。这些娘们此前也是这样一个个被拖到县里结扎，等到结扎完后很快加入拖拽的队伍，成了气焰嚣张的帮凶，没想到最后会在我家吃瘪。父亲打完人很紧张，于是就把我放到外婆家，夫妻两人躲到山上。当我出生后，父母抱着我回到了十月未归的家。

看到自己家屋顶被掀翻，养的猪也不见了。父亲不顾母亲劝阻，挨个问想问出始作俑者。拢共有四人：一个是骑着自行车每天早上去县政府看大门的吴小刚的爷爷，一个是喜欢隔三岔五打糍粑犒劳自己的李强的母亲，一个是当时还在卖猪肉的温荷的爷爷，最后一个是总盯新婚娘子肚子瞧的梁红英的奶奶。

父亲那天早上站在去县里的路口等着姓吴的出现，父亲越等越冒火，听别人讲，本来那些拆房的人已经忘记我家的屋顶了，就是姓吴的这老不死多了句嘴，才让我家的屋顶惨遭不测，后来花了很长的时间才修缮好。这老不死的骑车终于出现了，还边骑边吹着口哨，别提有多得意了，父亲也懒得废话，一脚将这厮连人带车踢到了池塘里，适逢冬日，只见这厮最后爬上岸时，连两片尻都冻住了。然后父亲找到李家，李强的母亲正把浸泡后搁蒸笼里蒸熟的糯米丢到石臼中，准备让男人用大木棒舂至绵软柔韧，见到我父亲，紧张得大气不敢出。父亲一把抢过对方手里的大木棒，随手抛到天井里，然后将石臼里蒸熟的糯米提起来放到一边，最后两手用力，生生将那块重达两百多斤的石臼提起来，摔到桌面，只见砰的一声，不堪重负的桌子刹那间破碎，然后在众人错愕的表情中拍拍掌心转身离去。

等父亲来到猪肉摊前时已经日上三竿，父亲看到温荷的爷爷守着无人光顾的猪肉摊，一副不久于人世的颓状，不忍下手，原谅了对方将自己的猪偷卖却借口被人赶走的事实，最后买了一块猪肝离开了摊位。回家的路上看到一对当天刚结婚的新郎新娘，心情大好，却无意间在人群里看到那个冲着新娘肚子指指点点的梁红英的奶奶。那个时候，这个老太婆的脖子还没大起来。只有在父亲揪住对方的银发准备挥几拳的时候，这老不死的脖子才逐渐鼓起来。父亲还未动手，就听到一阵杀猪般的惨叫，很多把视线放到新郎新娘身上的人这时转过身看到一个丧失理智的男人，正对一个年迈的老人施暴。看到对方用叫声壮胆，父亲松开了手，等对方气力用尽后再下手也不迟，于是父亲跳回人群里，和这些看热闹的人一起抱着胳膊看热闹。只见这老太婆越喊声音越大，很多人甚至塞住了耳朵，就在父亲也准备塞住两耳时，居然看到对方的脖子越喊越大，好像一只癞蛤蟆。这只癞蛤蟆在脖子里充足了气，这些气一旦遇到空气，就变成鬼哭狼嚎让众人心跳加快。

很多人走开了，新郎新娘也躲进了房里。我的父亲是最后一个离开的，他在对方的脖子只能大不能消后吹着得胜的口哨离开了现场。这个老不死的虽然用这种办法躲过了一劫，却悲哀地发现自己的脖子永远不能消下去了。但她很快就转怒为喜，因为这让她意外发现自己能看到别人看不到的东西,俗话说就是见鬼了。别人见鬼跑都来不及,只有她把见鬼当成了生财之道……

我的母亲见到丈夫重焕当年神采,顿时变成一个娇羞的小媳妇,把头倚在父亲的肩头。父亲刚教训完那个令自己心烦意乱的牧羊人,看到婆娘此举,摸了摸她的额头,以为她也见鬼了。然后想到女儿,马上跑下山。在背后跟得气喘吁吁的母亲好几次停下来喘气,看到地上一片羊粪,好奇地捡了几颗,拿回家逗儿子玩。等我在傍晚时分见到父母时,我已经饿得前胸贴后背了,就在这样的时刻,母亲还敢把羊粪给我。我捧着这些圆溜溜珍珠般光滑的羊粪,将它们塞进了嘴里,然后说了一句含糊不清的话:

"真好吃。"

嫁接

　　我一直好奇自己是怎么来到这个世界的。这个问题从我懂事以来便困扰着我，直到现在我对这个问题还一知半解。刚开始我以为上了学这个问题自然会迎刃而解，和姐姐抱着上学后可以玩耍的目的不同，我上学是为了答疑解惑。

　　除了学校，没有人会替我解答这个疑问，母亲在我上小学三年级时还用老一套应付我：我是从她胳肢窝里出来的。当我见到并不是每个人的胳肢窝都像我的这么清爽后，我虽然对母亲的话将信将疑，但只有到我真正见识到狐臭的威力后，才明白世界上最不能信任的就是母亲的话。自从姐姐安于现状，把每天的时间花在那头越长越壮的牛身上后，我就知道虽然她比我更了解这个世界的运行规则，但对这个问题她并不比我知道得多。有时候她也会在我的追问中停下来思考这个问题，我看到她咬着手指摇着脑袋看起来比傻子还傻，终于死了心。

但她本人却从未放弃这个问题，当她见到自己心爱的那头牛生下一只小牛犊时，她兴冲冲地跑到我面前说她终于弄懂了这个问题：我们是从屁股里钻出来的。屁股比胳肢窝还臭，我在姐姐的话中下意识地捏住了鼻子。然后问她我们为什么会从屁股里钻出来。姐姐又在摇头了，在牛生牛犊之前，她在放牛回家的路上看到一只黑壮的公牛不受控制地架在了母牛的身上，这一幕让姐姐看得目瞪口呆，连路都忘了走。

"架在身上以后就能生小孩了。"姐姐说。

我对她的话不以为然，我毕竟读过书而且现在还在读书，姐姐却大字不识，每天跟牛相伴，察言观色的能力也是从无数次的挨打责骂中学来的。不是从课本里学来的就不算知识，从读书之初我便这样认为。所以不管姐姐把我未知的事物说得如何动听，我连一个字都不愿意相信。姐姐见我对她的话没有反应，自讨没趣，又拿起我那个游戏机，沉浸在简单又廉价的乐趣中。既然在人身上无功而返，我便打起了镜子的主意。

如果说照片是岁月的回形针，可以保存每一段时光中的容颜，那么镜子就是时间的放大镜，我亲眼见到自己在镜中是如何长大的。相比于能让时间停滞不前的照片，我更喜欢能让时间在行进中的镜子。就是在镜中，我窥破了自身的奥妙。只要一面镜子，就能繁殖出另外一个一模一样的我。原来我来自于镜中。发现这个秘密的我兴奋不已，抱着奶奶的圆镜和母亲的方镜在饭桌上情绪激动地说出了这个秘密。而且不只是我，从镜中也能繁殖出同样的父亲母亲，爷爷奶奶。不管用什么形状的镜子都可以。

但家人却毫无反应，而且奶奶还在收拾碗筷的时候误把镜子摔在了地上。我看着一地残镜，还未将眼泪挤出，就看到有无数个我在地上一副伤心欲绝的模样。这些我都不是完整的我，而是残缺的我，有的只有一双眼睛，有的只有一个鼻子，还有的只能看到下巴，而完整的我还站在地上，就站在这些残镜前，看着拼命憋住笑的家人，脑海里一片空白。

家人不敢相信我的愚蠢不仅没在读书后缓解，反而变得更加严重了。他们咒骂现今的教育制度胜过教训那天的我。但在我听来，无疑都在说我，唯独将导致我愚蠢的根源（父母）忘在了脑后。他们像在责骂一个与自己毫不相干的陌生人，像在抱怨一件事不关己的事情。我没想到自己的求知欲换来的竟是耻辱，再也不想在客厅久待。躲进房间后，我久久不能平静，心想这件事只有我的舅舅能给我解答。但离过年还有很久，舅舅从未在不是过年之时来过我家。所以我的屈辱还要持续一个秋冬，我比以往更加盼望春天的到来。

我去打听过，初中课本上有关于人类起源的知识，如果姐姐读了书，现在就能学到这种知识。我现在离上初中还有好几年的时间，相比于让学校教授我这个知识，我把希望更加寄托于今年过年来我家做客的舅舅。我总认为，舅舅还是比学校靠得住。于是我暂时压制住这个念头，该上学就上学，该放假则放假，尽量让自己看起来像个正常的学生那样，尽量在上学时按照老师的规划学习，尽量在放假时按照家人的计划生活。可脑海里的念头还是止不住地跳出来，有时候看到路旁交尾的两头狗又会触发我这个蛰伏已久的问题，有时候在水边看到点水的蜻蜓我的脑海又会出现一地残镜的情形。最让我出神的即是在路面如果看到废弃的报纸，爱干净的我就会不顾污浊将报纸捡起来，看看上面有无我所需要的答案。

没想到我的疑惑最后没在动物、昆虫和报纸上得到解答，却在电视上释了疑。从那个时候开始，我才明白，不仅人和人不一样，就连电视都不一样。我家的电视除了新闻联播就是那些家长里短的电视剧，但别人家的电视却经常有精彩纷呈的电影。就在那天晚上我躲在房里伤心之时，看到我窗户对面的那扇窗户亮了，而且还拉上了窗帘。我忍不住好奇，打开自己的房门，跑到了对面的窗下。好在窗帘没拉紧，露出了一条缝，我得以垫砖头看见里面电视机上的画面：一对赤身裸体的男女相拥抽搐着。喘气声让我的呼吸也变快了。电视的主人看得如此忘我，以至于额头那绺头发乱了都不知道。

电视的主人是一个年近花甲的老人，拥有一个旁人所没有的头型。在他年轻时，他就靠着一头梳起来能看到美人尖的发型吸引了很多女孩的注意，当他年老时，岁月在他头上增添了一点花白后更是让他看上去和电视上的领导人极为相似。而且他的服装也尽量接近领导人，大夏天里还穿着一件蓝色的中山装，虽然看上去不怒自威，但肩头的补丁总会让人们哑然失笑。有人为此打趣道："没想到领导人也要肩扛手提。"这句话道尽了体力劳动者的辛酸，每个从事体力劳动的人都深知，他们的衣服一般都从肩膀和膝盖开始坏，而领工资的人的衣服则一般从屁股上开始坏。从一件衣服上，就可以看出一个人到底是力巴还是白领。老人听到打趣后就会及时调整自己的策略，以后他干活时就光着膀子只穿一条裤衩。这样在农闲时他就可以穿上那些仍然崭新的衣服参与众人的话题之中。有人在他干农活时看到他穿的裤衩和在稻草堆里见到的一样，对他的钦佩又多了一条老当益壮，经别人提醒遗落在现场的女性内衣有可能是他婆娘的后，又恨不得杀了这个给自己戴绿帽的老色鬼。

　　为了让自己看起来完全像一个领导人，他在五十岁上下那年就把农活全推给了自己的老伴。按他的话说领导人在六十岁退休，自己在五十岁退休，这样就比领导人还领导人了。然后每隔半个月骑着那辆破三轮车去县里淘碟片，很多人刚开始都奇怪他一个男人为什么随身携带一把梳子和一面镜子，看到他那头有条不紊的发型后才明白原来他边骑边梳头发，到了音像店后，把三轮车停在很远的地方，然后用两手压压头发，背着手走进去。音像店看到领导下来视察了，赶紧把那些少儿不宜的碟片藏起来。老人用手敲敲玻璃柜台让对方拿出来。老板吓得大气不敢出，只好将碟片全部堆到柜台上。老人双眼放亮，边挑嘴里边念念有词，然后挑了十五张够半个月看的碟片就走了。每到夜深人静之时，待老伴睡着后就从床上爬起，走到窗边检查窗帘有无拉紧，然后悄悄打开电视和 VCD 播放器。

我正看得入迷，没想到画面在快进。这老头以为这种碟片也像武侠小说，只有到最后大决战时才最好看，等快进到结尾时，才发现男女已经穿上了衣服，瞬间又让他索然无味，于是又后退到男女还光着身子的开头。就在我看得脸红耳热之际，突然画面一暗，没想到老人关了播放器钻进了被窝，去弄那个早已绝经多年的老伴。我听了一阵感到没意思，就悄悄退回到了自己房间，躺在床上刚才那对男女的光身子还徘徊在眼前。我虽然躺在床上，但身子好像被包在了蛋壳中，找不到缝隙钻出，全身燥热难当，又像即将爆发但又找不到火山口的熔岩。

老人淘换碟片越发频繁，不知道的人还以为他在县里养了女人。他的儿子也发现了不对劲，提醒了母亲几次，但母亲好像并不在意。做儿子的脸上没光，发誓要将他老子从情欲的渊薮拉回来，挽回颜面。他在老子又一次进城时骑着摩托车悄悄跟在身后，摩托车比三轮车的速度快，他每骑一段就要放慢速度，而且那个臭美的老不死还时不时地停下来，掏出镜子梳子蘸口水打理头发，搞得后头的儿子还以为自己的老子吃错药了。就这么停一段骑一段花了很长的时间才来到县里。只见父亲把三轮车开到了一个小巷里，这个小巷位于县中心，对面是一条流经两省最后汇于太平洋的河流，河岸是一排错落有致的古建筑，很多大姓宗祠点缀其间，在宗祠后头是一个人头攒动的广场。广场上有人在滑冰，有人坐在石椅上谈情说爱，不远处是一座牌坊，下面坐着一些贩卖水果的果农。就在做儿子的以为老头也会来到广场等待情妇的到来时，没想到父亲从巷子出来后停在了一辆轿车旁，然后装作刚从轿车里下来的样子，摁了摁自己手里的三轮车钥匙，轿车没响，就用口技学着轿车的嘀嘀声。儿子看后差点笑晕过去，然后看到老头背着手走进了一家音像店，很快从里面传出争吵声。

音像店老板见这个领导吃饱了没事干，专和黄碟过不去，心里起了疑，问了半天对方都答不出在县政府哪个部门上班，终于发了火。老人很害怕，掏遍了全身都凑不够这段时间租碟片的钱，现在手里还抱着新挑的碟片死活不撒手。争抢之下，老人的头磕到了玻璃柜台，玻璃没破，倒把额头碰出一道口子，血流不止，发型也乱了，挡住了眉眼，瞬间从一个领导变成了一个乞丐。老人不顾流血的额头，掏出梳子忙把头发梳上去，让音像店老板以为见到了疯子，拿起扫帚就要把他扫地出门。这时躲在门外的儿子冲了进来，看到父亲如此惨状，二话不说就在音像店老板脸上挥了一拳。警察来了，问清缘由后让做儿子的掏钱了事，这件事就算过去了。老人低着头从始至终不敢看儿子的眼睛，最后儿子将老子的三轮车系在摩托车屁股后头，让老子坐在三轮车上，这样一路拖着回到了家。

还没进村，老人就让儿子把他放下来，让儿子先回去，他在后面慢慢蹬。儿子看到父亲在这种情况下还死要面子，说什么都不愿将他放下来，拖着三轮车呈蛇形骑到家门口。很多正在吃午饭的人们看到了，都凑过去看。老人这时哪还有领导的样儿，倒像个罪犯一样溜进了房间，疑虑着窗外的喧嚣是不是在说自己，越想越没面子，到最后差点哭出声来。过了会儿，发现房门被踹开了，儿子气冲冲地走进来，抱起 VCD 播放器就走，老人看到这个唯一能抚慰老来寂寞的东西被收缴，眼泪终于下来了。儿子将播放器抱到门口时，冲老人说的一句话又让老人觉得此事还有转圜的余地："爸，好看吗？"

"好看。"老人回道。

直到此时，儿子才发现父亲变成了另外一个人，他甚至能把看过的碟片的扮演者一个不落地说出来，还就每个女演员的长相身材议论一番。看黄碟看到他这个程度，儿子突然间觉得倒是自己有些谈性色变了。就像儿子小时候父亲一直严禁他早恋一样，那个时候是父亲谈性色变，等到儿子到了适婚年龄后，想谈就要出钱了。没想到父亲却在临老入花丛，乐极忘高龄，窥破了性的奥秘。儿子在父亲的一席话中掐灭怒火，将播放器放回原位。这时老人出人意料地从兜里掏出一张碟片，冲儿子道："我们一起看吗？"

这让窗外以为里面会大动干戈的人失望不已，他们抱着看热闹的心态将头趴在窗户上，等来的却是父子和好的大团圆结尾。我当时也在人群里，长得没有其他人高，我只能通过大人的嘴得知里面的状况。当从大人嘴中说出那些幸灾乐祸的话时，我就知道里面的父子快要动上手了，当从大人嘴里听到一些关于孝与不孝的老生常谈时，我就知道里面的儿子压过了父亲一头，当从大人嘴里听到赶紧叫人时，我就知道里面的父子二人打得不可开交了。但当时却没像以往那样从大人嘴里说出这最后一句话，而是说了一句："真好看啊。"我感到很奇怪，怎么剧情的发展和我的想象有这么大的出入，于是为了亲眼看清里面的剧情，我搬来几块砖头垫在脚下，就像那天晚上那样，站在砖上往里瞧，没想到里面却真是好看得很。只见父子两人肩并肩地坐在一起，电视上惹火的画面让势同水火的父子握手言和了。

而且本来聒噪的人群也变安静了，每个人都没有说话，生怕错过精彩的画面。当时在场的以男人居多，这些男人虽然都结了婚，但见到如此香艳的场面，他们一个个都变成了不谙人事的生瓜蛋子。直到此时，他们才明白婚都白结了，这么多年的觉都白睡了。之所以让他们如是想，不在于他们自身，而在于他们娶的老婆没有剧中人十分之一好看，丝毫没想到他们在结婚后或秃顶或发福的模样并不比自己的婆娘好看多少。现场马上有很多人在抱怨命运的不公，有些甚至要马上回家休妻，他们这时都羡慕起了比自己大很多的那个老人。这个老人太会享福了，他们在此之前总以为享福无外乎吃得好穿得好，没想到让自己每天进入福地洞天才是最大的福分。他们也想效仿这个老人，最后才发现贫穷已经断送了他们这个看似最易实现的幸福之路。这些人每日从地里刨食，除了勉强度日，并没有多余的钱让他们去买彩电，去买VCD 播放器。黑白电视虽然比较便宜，但把如此黄黑相间的诱人裸体一律弄成黑白的，难免大失其味。

这可能就是父亲那天晚上踩坏我的星星，对他老子，对这个家借题发挥的原因所在。父亲多年来从未屈服自己的命运，他总觉得他的人生应该是另外一种样子，即使不能和他的同学一样移民美国，也不至于一年四季都扛着锄头下地。他的同学，和他一起穿开裆裤的同学，由于家境稍稍优渥，最终得以考上大学，现在虽然已经是外国人了，但只要偶尔回来一趟，大家照旧会送上说了数年的奉承话："真是我们这儿的骄傲。"每到这时，在人群中的父亲就会羞愧地将头低下，因为总有人在恭维他的同学后问他一句众所周知的事实："你和他当年同住一个宿舍吧？"何止是同睡一个宿舍，简直是共穿一条裤子的哥们儿。

每年距离九月开学还有一个月的时候，父亲就会放下课本，拿上一把柴刀和一根竹竿，砍柴耗时长短，全看那把柴刀的锋利程度。有时他的母亲会把柴刀磨好，这个时候他只需花半天时间就能砍完，当母亲忘记磨刀的时候，他就要到傍晚的时候才能咬紧牙关担着两捆柴回到家。天还没亮就要从被窝里爬起来他不会感到委屈，独自一人上山只闻鸟鸣不见人影他也不会感到委屈，即使刀砍柴就像老太婆屙屎可费劲了他也不会感到委屈，只有在他稚嫩的肩上扛着过重的木柴时他才会感到委屈，并体现在自己咬紧的牙关和簌簌落下的泪水之中。

回家的路旁经常有不知名的鸟声，加上太阳落了山，家家亮了灯，这种委屈就会变得尤为明显。即使长大有力气担柴后，他在山上见到这般似曾相识的情形，心里还是会紧一下，就像心脏突然间忘记跳动一样。回到家吃完饭后，刚想拿起课本温习一遍，母亲就以早睡省电为由将他赶上床。躺在床上，他只好在心里温习课本，刚开始时能温习一遍，后来课本还没在心里打开就沉沉睡去了。而他的同学，那个现在一直被人提起、身在美国的梁凤生，总有充裕的时间复习功课，当父亲上山时，他已经从书包里拿出了课本，当父亲费劲砍柴时，他已经复习完了薄弱科目，当父亲担着柴回到家时，他已经把五门功课都复习了一遍。

父亲刚开始不知道他已经和梁凤生的差距越来越大了，只有在九月父亲担着当作学费的木柴回到学校后，他才知道睡在他上铺的同学早已进步神速。这种差距体现在宿舍里，更加体现在课堂上。父亲每天都要在宿舍的窗边借助朦胧的路灯温习课本，而梁凤生早已躺在床上鼾声如雷。父亲晚上花了太多的时间复习，白天老是起不来，当老师提问他时他一般都趴在课桌上睡觉，好几次都是他的同桌梁凤生帮他解了围。

这种情况被他的语文老师发现后，父亲生平第一次被老师叫到了办公室。说是办公室，其实和猪圈没什么区别。20 世纪 70

年代末学校重新开课时，不仅课桌是临时拼凑的，办公室也大都是一些牛栏猪圈。当老师得知父亲成绩下降的原因后，让他有空就去找他。父亲这时才知道语文老师的遭遇比他这个学生更凄惨，也是在老师的办公室里父亲学会了抽烟，学会了用烟草忘记烦恼。语文老师是从省城下放到此地的知青，为人和气，当地人见他柔弱不堪，不仅背不动稻谷，就连稗草和稻谷都分不清，只好让他发挥自己的特长：填词唱曲。所以当农人下地劳作时，他就在田埂上拉着二胡唱一些自己编的歌曲。刚开始编的歌曲太文，农人不喜欢听，也听不懂，就让他编些荤曲。

刚开始，他碍于自己所谓的尊严，放不下身段迁就，当大队长扬言要将他重新丢回田里劳动后，他及时放下身段，编了许多下里巴人喜闻乐见的歌曲。现在流传在很多老人嘴中、听来让人难为情的荤曲大都出自他手。像什么女人有两握，一握锄头，二握鸡巴等等。在他做好将自己的才具埋没在田间地头时，一纸通知将他调到了县中学，担任升学班的班主任。老师见父亲来自当初自己做知青的那个村里，对他格外关照。本来按照这种剧情，父亲后来的命运或许也会和现在不同，但没想到在父亲升入高三那年语文老师回到了省城，加上家庭突遭变故。没了老师和家人管教的父亲终于松懈下来，埋首和黄土打交道至今。现在父亲还会习惯性地去买些报纸，报纸上经常刊登他老师撰写的一些散文和诗歌，都是关于知青岁月的。也就是从那个时候开始，父亲才明白，自己看不惯的农村竟在老师眼里拥有另一种美，自己最想逃离的故乡却让远在美国的同学魂牵梦萦。每当这时，父亲就会想要是他可以和老师同学调换一下该有多好：置身事外的怀念总比置身其间的苦熬容易。

很多人都让父亲有困难去找他的同学，但父亲却从未跟他同学开过一次口。多年前他的同学远涉重洋时拉着父亲的双手说以后有什么困难尽管开口，那个时候父亲已经娶了亲，而他的同学刚好大学毕业正要去往美国，那次是回来办理出国手续。父亲当时不知是因为离愁别绪还是真的相信太平洋无法浇灭彼此的情谊，竟对同学的话生出千般期待，万般欣喜，同学的口头保证俨然变成了银行里存储的巨款，总会在父亲山穷水尽时及时拉他一把。后来父亲判断，当初站在县里那条流经两省的河流边时，同学没有撒谎，父亲的感受也是真实的。只不过后来随着时间的推移，随着来自太平洋的台风刮了一年又一年，从而将对方的承诺越刮越轻，直到完全趋于平静。所以当父亲准备生二胎时，虽然囊中羞涩，还是没有让对方实现这个口头承诺。父亲没有去找对方，即使对方的电话号码一直记在挂历上。每过一年，父亲就会把电话号码重新抄写到新的挂历上，当挂历换了好几幅时，父亲才明白，他和梁凤生的友谊也在越撕越薄的挂历中逐渐淡漠。

　　原以为将电话号码记在了时间之内，他们就能即便相隔万里，也能像在宿舍时，在大冬天共睡一铺取暖。没想到电话号码最后没丢，承载电话号码的时间早已不是当初那个时间了。所以父亲在梁凤生后来数次回来时，都没有主动去找对方叙旧，穿着笔挺西装，锃亮皮鞋的梁凤生也从没找过父亲。梁凤生没有什么变化，倒是父亲变得太多了，牙也落了几颗，鬓角也白了些许，活脱脱和一个真正的农民没有什么区别了。在这种时刻，保养得体的梁凤生或许从没在人群里认出父亲。父亲为了不让别人再问他一些不知如何回答的问题，悄悄溜出人群。回到家后看到放在桌上的那些报纸，报纸上写满了对这个贫瘠之地的颂歌，突然想到和自己的老师也多年没联系了。

　　老师在回省城的前一天，和父亲做了彻夜交谈。话题不再是关于学业，而是一些国计民生、国家政策。父亲对这些宏大的问题不仅听不懂，还以为老师在说胡话。所以当老师说出国家接下来都会有哪些方面的改变之时，父亲脑子里都在想怎么才能上山多砍一点柴，这样他才不至于每个礼拜都要背着木柴回学校交学费，当老师说出知识分子的命运即将改变后，父亲却想着要是能每天多睡几个小时该有多幸福，当老师最后勉励父亲认真读书时，父亲却觉得每顿饭里要是有一块肥肉简直比做神仙还快活。

老师看到父亲一直在点头，以为父亲理会了自己的良苦用心，感到很满意。老师生在一个知识分子家庭，在打倒知识分子的年代，他们这些人只有挨训的份儿，当知识分子好不容易翻身后，他们才又恢复一副指点江山的豪迈之气。见到自己的学生理会了自己的意图，心里不感到开心那都是骗人的。但最后在老师心里却生出了一点小插曲，老师突然将此时的兴奋当成了每次唱荤曲时从那些泥腿子嘴里得到的夸奖。他感到有点不快，不过没有表现出来，匆匆塞了父亲几根烟就让他回宿舍。

父亲走出办公室后，点燃了烟，站在路灯边抽完后才敢回宿舍。毕竟不是所有老师都能容忍一个抽烟的学生，毕竟不是所有同学都像梁凤生能给他严守抽烟的秘密。躺在木床上的父亲那晚甚至拒绝了梁凤生同床的请求，一个人盖着被子辗转反侧。在他辗转反侧之时，上铺也不安分，闹出的动静让父亲更加睡意全无。

父亲是为自己的学费担忧，而上铺却是被当时青春期说不清的躁动搞得无法安睡。

当父亲看到我不听话每次想跟我交流沟通时，都会想起那晚的交谈。直到此时，他在不听话的儿子身上才明白当初自己对老师的话会错了意。父亲说往东，我非说往西，唯一不同的是，当初他只敢在心里反抗老师，而我这个小兔崽子毛都还没长齐就敢公然和他作对了。想到这儿的时候，父亲收起了那几份报纸，将往事锁进抽屉。一个人最大的悲哀不是老迈，而是在中年时突然看透一切，父亲当初就有点像看透一切的隐士，好几天里茶饭不思，很多人都以为他被自己风光的同学刺激了，上门对他好言相劝。但父亲一概不听，实在被搞得不胜其烦就骂一句让这群下里巴人无法理解的话："妈的，老子就没资格消极几天？"

父亲的消极很难说得清，却被众人简单理解成忌妒自己的同学。谁说不是呢，要是当初家境好点，比梁凤生聪明的父亲说不定更有出息。勤劳了几十年的父亲在那天突然间累了，就像几十年前一直认真读书的他却在高考前夕突然间放松了自己。我和姐姐没有亲历父亲的学生时期，所以无法理解在他身上重复的这种轮回意味着什么，只有上了年纪的老人好像察觉到了不妙，当初父亲的懈怠只能让他在高考中败北，现在父亲懈怠就会让一大家子陷入困境。所以新一轮集体劝说父亲振作的行动很快开始了。

首先出动的是老一辈人，这些人自恃前半截生在青天白日旗下，后半截长在斧头镰刀下，就能成功将自己的经验兜售给父亲，没想到被父亲吼了一句："滚，你们这些不要脸的遗老们。"其次出动的是父亲的同龄人，这些人生于"文革"初，长于改革始，自信和父亲没有代沟，但父亲还是没给他们面子："你们有老子混得好？"最后一波出动的是生于80年代的后辈，这些人大都是独生子女，立志永不种田，谈话喜欢从自由等人权方面切入。父亲在他们滔滔不绝的言辞中差点笑喷，这些人对自由的理解还没他一个农民深："由字怎么写？田字出一头，两头齐出就成了申，所以自由必须要有田。"

大家见我父亲油盐不进，准备搬出他的傻儿子我，让父亲看在儿子脑子不好使的分儿上恢复勤劳本分。我被众人推到父亲面前，死活不愿跟他说话，地上的鸡蛋壳碎了一地，那是我心爱的叠星。爷爷在旁边大喘气，衣服也被不孝子撕破了。在此之前，人们都不敢公开说我是傻子，直到此时父亲才明白自己的脸都被我这个傻子给丢光了。以往他以为我只是发育得比别人慢，别人一个小时做完的功课我需要三天，即使老师在好几次家访时都告诉父亲我不仅坐不住，还总是扰乱课堂，让其他同学无法安心上课，让老师无法认真讲课，父亲都对我抱以了最大的信任。没想到现在父亲却真的听信了这种谣言。他此刻决定将我的休学再延长几年。

当我实在无法认真听讲时，父亲在学校的建议下勉强同意让我休学一年。

父亲准备让我和姐姐一起去放牛。我一听，号啕大哭，我不想自己每天的时间都花在牛身上，我还有很多问题要思考，我连我到底是从哪来的都还没搞清楚，怎么可能去放牛。让我把注意力转移到别的东西身上就像让我再回去上学一样难受。但人们却不这样想，他们见父亲终于说到了自己的本业上，以为父亲已经从刚才的癫狂中恢复了理智。但爷爷却不这样想，他突然发现自己的儿子和孙子可能患了同一种病症，这种病症仅靠赤脚医生肯定治不好，说不定要去大城市才能医得好。好在这种病自己身上没有，因为就如儿子刚才所骂"你不是我的亲爹"，自己真不是儿子的亲爹。

父亲揭开了家族隐秘的疮疤，我也是第一次知道父亲真不是爷爷的亲儿子，他是入赘到倪家的。就像他的同学远涉重洋将名字改成了 Leo Liang 一样，他也从一个姓黄的转身变成一个姓倪的。我感到不可思议，擦干眼泪看着这对形同陌路势成水火的父子。爷爷在父亲捅开了这层窗户纸后，也不要老脸了，当众说要不是自己当初看他没考上大学像条狗一样可怜的分上，自己怎会接济他，没想到狗养三日都会听话，牛教三遍都会撇绳，这个忘恩负义之徒这么多年了胳膊肘还往外拐。

"呸，真是连狗都不如。"爷爷啐了口唾沫。

父亲气得涨红了脸。这时又从爷爷嘴里说出一些让大家更震惊的话："没想到还没接济几天就敢爬上我女儿的床，要不是当初看在你跪地求饶的分上早就将你押送警察局了。"这和父亲一直告诉我的情况大相径庭，在父亲的嘴里，他和母亲是自由恋爱，少了所谓的媒妁之言父母之命，自然而然地在一起的。没想到父亲竟用这种办法得到了母亲，最后爷爷没办法，只好让他用入赘的方式解决了这个看似棘手的问题。入赘不管搁在哪个男人身上都是没面子的事，父亲为了不吃牢饭只好甘愿吃软饭。

"我看你真是越老越不要脸。"母亲也生气了。

这时，躲在厨房的奶奶又将饭碗端了出来，她好像对此时乱成一锅粥的家熟视无睹,坐在座位上吃得津津有味。爷爷见自己的女儿竟站在王八蛋那边,也想拉上自己的婆娘帮助自己,叫了几遍,没想到奶奶都装作没听到,爷爷用手去拉奶奶的胳膊,奶奶却递给爷爷一碗刚盛的粥。姐姐在门边抱着胳膊扫视着眼前发生的这一切。

我已经钻出了父亲裆下,跑到屋檐外,还说我的脑子有问题,我看这一大家子脑子才有问题。这时我想起舅舅曾经告诉我的一个生物学常识:当树枝嫁接到不相干的树干上时,总会有漫长的适应期。等过了适应期,结出来的新品种水果就会兼具两种水果之长,变得又香又甜。

赴墟

谁都没能想到，奶奶在新年到来之前真的聋了。其实奶奶的耳聋早有预兆，只是谁都没放在心上，上了年纪的老人难免一身是病，奶奶只不过丧失了听觉，够幸运了。每当辞旧迎新之际，总有许多身体硬朗的老人突然间不是腿脚不便，就是卧床不起，一日三餐都要家人服侍，连年也过不好。奶奶只是双耳失灵，照旧吃得下睡得着，不让家人费一点心。所以家人很快把心放回了肚里。

多年前奶奶在做饭的时候，将木柴用膝盖拗断时，有一小截飞起的木柴撞到了奶奶的耳朵，对世界耳清目明的奶奶从那以后耳朵经常嗡嗡直叫，看了许多医生都没好。没想到在几年后的这个春节，奶奶的耳鸣突然间消失了，岁月好像在她的耳朵里注入了清凉油,让她再也不用经受世界的喧嚣了。奶奶是个长寿的人,在她完全耳聋的那天已活了八十七年,八十七岁的奶奶很快发现听觉丧失后竟像回到了童年。这让她不禁庆幸自己罹患的这个富贵病。她见过太多同龄人最后由于病痛被家人嫌弃的案例了,久病床前无孝子,久贫家中无贤妻并不只是一句俗语,而是一个个活生生、血淋淋的例子。奶奶甚至觉得长寿是世界上最恐怖的事,要是她将来也有这种下场,一定不拖累家人,喝农药了此残生。当她上了年纪却无病痛时,她反而害怕起了死亡,好在担心的事情一直没有发生。在那晚家庭陷入无休止的纷争时,她并未考虑如何改善父子之间的关系,而是在想办法怎么才能不让家人发现她的耳朵聋了。

她在厨房吃着饭,客厅里吵闹之声甚嚣尘上,害她每吃一口就心惊一下,最后她放下碗两手合十保佑自己别再听见外面的纷争,没想到耳边顿时清净了,她以为自己的祈祷成了真,便摸到客厅,竟发现客厅里的矛盾愈演愈烈,而且自己的儿媳,孙子孙女都被吓得失魂落魄。但奇怪的是,她就是听不见一丝谩骂,看到两父子张合的嘴唇,好像见到了水里呼吸的鱼。她笑了,然后坐在了饭桌前,看着那一张张惊恐万状的脸,说出一句不合时宜的话：“见到鬼啦。”

奶奶从没想到自己还可以回到童年，她感谢耳聋带给她的清净。在她短暂的童年时期，父母没跟她说过一句话。因为她的父母都是哑巴。父母每天都用手语告诉她该做什么，不该做什么，很多人开始都抱有成见，认为聋哑父母教不好正常的女儿。在他们的记忆中，教育儿女除了棍棒，大声呵斥更为重要。就在他们以为奶奶最后会走入歧路时，没想到她比那些正常父母教出来的儿女还孝顺懂事。直到此时，他们才放下成见，明白相比于棍棒教育，无声教育或许才是最好的教育。

虽然父母不会说话，但奶奶却比谁都会说话。这让很多人对奶奶长大后拙于言辞的担心落了空。聋哑父母生来吃亏，别人总是明里暗里占其便宜，奶奶知道后，据理力争，用自己口齿清楚的巧嘴把被占的便宜一寸一寸一厘一厘地争了回来。从那以后，别人再也不敢去她的菜地里摘菜，再也不敢借了她家的油盐赖着不还。而且这时不是父母教育奶奶了，而是奶奶教育起了父母："不要觉得自己是哑巴就吃哑巴亏。"父母见到女儿的话后，咧开嘴笑了，笑声较之正常人多了一股滞涩，但却被奶奶引以为世界上最动听的笑声。奶奶跟父母交流不是用嘴，而是用手，所以这家人说的话并不是用听，而是用看。

"我看见妈妈让我扫地的话了。"

"我看见爸爸让我吃饭的话了。"

奶奶拿起扫帚，将屋子扫干净，然后坐在桌前吃饭。一家人除了夹菜咀嚼的声音，再无旁的声音干扰他们。奶奶以为她会永远活在清静中，虽然很多人在她十八岁时都让她赶紧嫁到外地，远离这个悲惨的家庭，奶奶依旧无动于衷，并警告这些好事者，她的家不是没有声音的棺材，而是平静的摇篮。这些人当场吃了瘪，再也不敢对奶奶指手画脚。虽然生活的家庭安静无声，但奶奶在十八岁那年心里却响起了声音。这种声音在奶奶老迈耳聋后屡次在心里响起。这种声音好像从山的对面传来，召唤着她去一个完全陌生的世界。奶奶不想被其打扰，捂住耳朵努力让自己平静下来，没用，声音不是在她睡觉的时候响起，就是在她吃饭的时候响起，有时候甚至在走路都会猝不及防地响起。

每当这个时候，勤劳的奶奶就好像变成了另外一个人，总是放下手里的活计偷懒。聋哑父母一气之下将她嫁给了隔壁村一个姓倪的。奶奶从一个无声的世界来到一个喧嚣的世界，在最开始的新奇过去后，再也无法忍受耳边的聒噪。倪家人口众多，奶奶嫁过来时，我的曾祖父和曾祖母还在世，这两个老人家规矩很多，在儿媳妇上门第一天就让其去田里挑稻草铺猪圈。要不是当时倪乾南看不过去，暗地里帮她，说不定奶奶早就逃之夭夭。

此外，逢年过节时，奶奶都只能啃些鸡骨头，鸡肉悉数要给公婆吃。或许也是因为这样的原因，后来在公婆接连逝世后，奶奶才对鸡肉有如此之大的执念，甚至要是放开吃，在八十高龄之时还能吃下两只五斤重的鸡。别家都是两头瞒的媳妇，只有她这个媳妇两头受气。每当实在受不了了，奶奶就会去镇里赴墟。

也是在镇里，奶奶第一次发现除了沿街两旁的饭店，还有很多穿戴一新的男女，这些男女在饭店里相对而坐，每个饭店只供应某一种口味的饭菜，能坐到同一个饭店的男女，至少在口味上达成了一致。口味一致就意味着接下来的婚姻生活也不会出现大问题。奶奶发现卖面条的饭店人最少，供米饭的饭店人数居多。除了米饭，端到桌上的肉口味也以清淡为主，虽然饭菜味道清淡，但坐的那一对对男女，心里无不火辣辣。奶奶看得呆了，让她这个局外人心里也不平静了，然后想起不由自己做主的婚姻，悔婚的决定就像热血涌上心头，可是已经来不及了，生米已经煮成了熟饭，我的母亲当时在奶奶的肚子里已有两个月了。

奶奶的第一次赴墟以失败告终，还没来得及好好逛一遍，还没来得及好好吃一顿，她就提前回到了家。回到家后，坐在饭店里含情的男女总会让她分心，不是衣服洗到一半忘了洗，就是菜炒到一半炒煳，来自公婆的几声呵斥传来，奶奶才会把衣服洗完，将菜重炒。要到很久，奶奶才会完全忘记那天在镇上见到的一切，用已经不是少女的眼睛去看待热闹的集市，用已经为人母的耳朵去聆听小镇的繁华。当奶奶学会用耳朵打量集市时，她意外发现吵闹并不都是不堪忍受的，也有像货郎手中拨浪鼓般悦耳的喧嚷。

这意味着奶奶已经习惯了婚后的生活，每一个媳妇都具有相同的处事法则，即少说多听。当她比别人多花了几年时间学会这个法则后，她发现婚姻生活并不糟糕。而且她还学会了通过教育女儿来抵御内心的抱怨。她这个媳妇终于快熬成婆了。她也终于不用偷偷摸摸去赴墟了。

一旦心里没了羁绊，肩上没了桎梏，奶奶才用一种看什么都是新奇的眼光去观察镇上的一切。在我们那，赴墟一般都在礼拜五，隆重程度不下于逢年过节。在奶奶初为人母的那几年，家里的生活所需大都依靠这种一周一次的集市采办齐全。奶奶在前一天就将要买的托识字的老人写在纸上，然后第二天一早挑着两个竹篓，戴着一顶防晒斗笠，系一条蓝色围裙兴冲冲地走上几个小时的山路，来到热闹的集市，将所需物品在太阳下山之前买好。要是最后时间还有富余，就坐在豆腐摊前灌一碗加了白糖的豆腐脑，要是时间还有多，就再饮一碗加了葱末姜丝的骨头汤，然后坐起来挑着装满的竹篓回家去，这才发现系的蓝色围裙弄脏了，也被自己吃饱喝足的肚子拱起来了，拍一拍，一路打着饱嗝回到家。山路很长，长到有时间让奶奶消化腹中积食，爷爷见婆娘回来后，检查两篓的东西所花的钱，再和奶奶交上来的余钱仔细比照，发现少了块八毛，奶奶这时就会说："呀，肯定是那些无良商贩多收了钱。"

如果实在要说赶集有什么让奶奶堵心的事，那就是在每次托人写的字条上。每当这个时候，奶奶才会意识到识字的重要程度。她年轻时无法抹开面皮求人办事，老了更加不愿意舍下自己的老脸去求人。但没办法，既然不识字就要吃不识字的亏，平时不求人，总要在赶集的时候求上了年纪的老人将她要购置的东西一一写在纸上，刚开始她不怕求人，就怕在路上把纸条丢掉。父母在奶奶耳聋后几次大骂这个老文盲，因为她总对他们的话置若罔闻，本来要是对方识字，就可以把话写在纸上，然后递给她看。当老人把从奶奶嘴里说出的那几样写在纸上时，刚开始总是不把纸对折，而是直接递给奶奶，以为奶奶会夸奖一番自己在清末之时就打下的书法童功，几次下来都发现奶奶只用手数有几行字——几行字就对应几样东西，却对自己颇为得意的书法不屑一顾，从那以后写完后都要无奈地将纸对折又对折，然后郑重交给奶奶。

奶奶将纸条揣进兜里，不，她不把纸直接揣进兜，而是用纸条包一粒小石子后再装进兜，看到自己的书法作品被如此糟蹋，这个老人脸上的皱纹气得可以夹死一只苍蝇。奶奶这样做是怕纸条再丢，包个小石子让它在裤兜鼓出来，这样每次摸时就能发现还在不在。于是奶奶就这样招呼都不打就准备去赴墟了，惹得身后的那个书法家每次都在心里赌咒发誓以后再也不给这头牛弹琴了，但食言总在下一个礼拜，因为奶奶每次都跟他说："来，书法家帮我写几个字。"

奶奶将东西装满竹篓后，想起自己的谎言总能瞒过自己的男人，胆子登时变肥不少，不仅照吃豆腐脑，照饮骨头汤，还会给自己买面镜子置匹布。刚开始觉得没什么，走在回家的路上心里就起了咯噔，越想越害怕，这就不是"块八毛"的小事了，天下不仅没有如此无良的商贩，而且自己并不傻，次次让商贩占小便宜不说，现在竟还被占去这么大的便宜，搁谁都不会信，说自己被吃了豆腐倒还有人信。这么一想，奶奶的脑子就乱了套，赶紧将竹篓从肩头卸下，坐在中间的扁担上不断地想辙。越想越心惊，这一惊就让她想逃回娘家。可是这躲得了一时，躲不过一世，这可如何是好。奶奶坐不住了，把屁股从扁担上挪开，站在山路上，看着笼罩着晚霞的山谷，真想一跳了事。

好在天无绝人之路，就在奶奶搜肠刮肚束手无策之时，突然在草丛里发现一抹翠绿，这不是秋日草丛该有的翠绿。奶奶蹲下去将这抹翠绿捡了起来，发现竟是一颗硕大的祖母绿钻戒。奶奶并不认识钻戒上的祖母绿，她是看到可以嵌进大拇指的钻戒后才把心放回到肚里的。奶奶捡到后，赶紧往四周睃了一眼，没人，赶紧挑起担跑得飞起，心里喜滋滋乐开了花，肩上的重量好像也轻了许多。回到家后，男人还没来得及对照货物，就被奶奶拖到房里，爷爷当时脸有愠色，这臭婆娘愈来愈不懂事了，大白天的猴急什么，于是就把脸拉得老长，刚想呵斥，就看到婆娘的手径直往自己的胸里掏去，那只颤抖的左手掏了很多遍，都没掏出什么鸟来，不就胸上比自己多长了两块肉，有什么了不起，又不是刚结婚那会儿，见到这几两肉就走不动道，都老夫老妻了，还想用这招对付自己。爷爷想起来就感到好笑。

不对，这次爷爷见到的可不是那两粒发抖的乳头，而是一颗湛清碧绿的钻石，好大一颗，足有鸽子蛋那般大，好亮一颗，竟照亮了漆黑的房间。爷爷看到婆娘被照绿的脸，自己的脸也绿了，他以为这不懂事的婆娘竟花钱买了这么一颗假货，刚想发火，就被婆娘的一席话浇灭了怒火："我捡的。你看看是不是真的？"

爷爷这才拿在手里细细掂量，发现重量十足，然后开灯对着还没有钻戒万分之一亮的灯泡瞧了好久，拿不定主意是真是假，马上让婆娘把那个识字的老人叫来。老人来到房间后，撅着屁股扶着老花镜看了许久，在旁的爷爷奶奶也看了这个老人许久。最后老人将老花镜摘下，扭了扭僵硬的腰身，对这对以为天降横财的夫妻道："假的。"

"你老再看看，"爷爷不死心，"有这么大的假货吗？"

"真是假的，"老人道，"就是因为这么大才是假的。"

照老人的意思，祖母绿被称为"五月的诞生石"，大户人家一般只在儿女出生在五月时才会打造，希求这种"绿色的石头"保佑儿女健康平安。重量大都为一克拉，像这种足有五十克拉的不仅见所未见，也闻所未闻。

"给小孩买来玩的。"老人最后道。

奶奶一听，一把抢过这颗钻戒，将其丢在灶台上，谁爱玩拿去玩，所以这颗祖母绿钻戒此后不是在灶台上，就是在地上，有时甚至就在屋檐下闪烁着莹莹的绿光。私自花钱加上捡了个假货，两罪并罚，爷爷为此好几天没给奶奶好脸子，总在饭桌上扬言要休妻。旁人也次次来凑热闹，说奶奶为了瞒男人，竟学会撒谎，随便在地摊上买假货忽悠自己的丈夫。直到此时，大家才惊觉倪家的媳妇早已不是几年前那个两头受气的媳妇了，而是变成了两头瞒的媳妇，看来她真的学会怎么做媳妇了。甚至还有小孩当场刮自己的小脸，让奶奶羞羞脸。奶奶很生气，放下碗饭，眼眶含泪，躲进厨房，看到钻戒在被烟火熏黑的灶台上兀自发出光彩夺目的光芒，一张粗大的手掌扫过去，钻戒登时掉在地上，滚到用作燃料的荻花丛中，棉絮般的荻花竟也未能遮蔽钻石的绿光。

奶奶不死心，在下次赴墟时总要把这颗假钻带在身上，她要让见多识广的镇里人看看这颗钻石的真假。此时那些美食已经无法吸引她的注意力，需要置办的货物也要往后搁搁，她直接来到那些叫卖文玩的小摊前，这些文玩摊卖什么古董的都有：明青花，华岩字画，朝珠等，让人仿佛回到了明清之际，奶奶不认识这些不实用的瓶子，对本地几百年来出现的唯一一个知名画家华岩也不甚了了，更不用说认识当时与华岩齐名的郑燮等其他几大怪人的作品了，至于那一串串颜色不同的朝珠，她倒觉得有点意思，买来给儿子当弹珠玩。

我的母亲当时已被爷爷委以购物监督一职，跟在奶奶的身后，一步也不离身，并对奶奶的利诱无动于衷。奶奶有女儿看着，浑身不自在，几次让她去别处玩，但这小妮子就是不听。就这样，母子两人经过热闹的饭店，挤进水泄不通的文物摊，看到了琳琅满目的古董，就在奶奶准备将钻戒拿出来时，被女儿拉住了，女儿的意思是，纸上并没有说要买什么古董。奶奶很生气，费了诸多口舌才让女儿相信自己真的只是看看。

奶奶从怀里掏出那颗钻戒，只看不买的人们见状，纷纷惊掉下巴，摊主也惊讶不已，赶紧从马扎上站起，双手接过这颗钻戒。奶奶此次依旧没抱希望，看着摊主用放大镜仔细观察，心里想的是赶紧完事她才好去买东西，看摊主瞧了半天也不发话，一把抢过，背起竹篓就要走。奶奶看到跟在自己身边的女儿大汗淋漓，终于放下幻想，大方地把这颗钻戒犒劳女儿。没想到女儿竟不买账，小嘴一撇道："谁要你的假货。"奶奶很生气，攥着钻戒的手不住地发抖，她不是因为女儿的态度生气，而是气自己这么大一把年纪了，见识还不及一个小孩。看来还是自己男人说得对，人只有在屁事不懂时才最有见识。于是奶奶扬手就要将这颗钻戒丢到人海里，没想到此时身后传来了一句话："我们找个地方聊聊？"

奶奶转身看到原来是刚才的摊主在说话，看对方的神情，好像有什么重要的事要跟她相商。奶奶那时毕竟风韵犹存，对陌生男人都一律当成色狼看待。对方发现这个粗壮的农妇误会了，笑道："别误会，我是想跟你说说那颗钻戒。"

他们走进一间茶楼，挑了个靠窗的位置。摊主叫了一壶铁观音，奶奶拿着小杯一连喝了好几口，没咂摸出什么滋味，跟自家炒的山茶没什么区别。女儿将头趴在木窗上，看着楼下忙碌的小贩和忙碌的行人，远处的山顶雾气缭绕。茶楼里人声鼎沸，摊主新叫的铁观音冒着腾腾热气，年幼的母亲顿时感到百无聊赖，坐回她妈身边，听到对面的摊主小声问道："你这颗钻戒是祖传的吗？"

奶奶一听对方的反应，顿觉有戏，她的心跳登时就快了，脸上却毫无异样，而是盯着面前的摊主，想从对方那个瘊子上瞧出钻戒的价值。摊主瘊子上的两根黑毛不经意地动了动，然后说道：

"希望你能把这颗钻戒卖给我。"

"假货你也要？"女儿插嘴道。

"别胡说。"奶奶捂住了女儿的嘴。

摊主笑了笑，伸出了五根手指，奶奶一看才五块钱，心跳慢慢恢复到了正常频率，一脸不高兴，拉着女儿就要走。摊主见奶奶又要走，急忙道："五万都不卖？"奶奶一听，差点没站稳，扶着桌角慢慢坐下，看着对方伸出的那五根手指好像见到自己正在清点五万块钱，边点边在手指上蘸口水，最后口水都蘸干了，钱还是没点完，于是又用手去蘸茶水，等到几壶铁观音都蘸完，这五万块钱才算点完。

"怎么样？"摊主看到奶奶毫无反应用手指敲敲桌面。

奶奶这时心里想的不是五万块钱了，而是十万，看对方着急的神色，这颗钻戒肯定不止五万块。于是奶奶拿出了以往跟小贩讨价还价的本事，拉起自己的女儿第三次要走。过去每次还价时，不管小贩说破天，要是不符合奶奶的心里价位，奶奶就会转身离开，走不了几步，小贩就会将奶奶叫回来，装成损失惨重的模样将东西一脸不情愿地卖给奶奶。奶奶接过货物递过钱后，跟小贩说："别以为我捡了多大便宜似的，其实你可一点都没亏。"

　　奶奶砍价喜欢对半砍，而且一砍一个准，从未失过手，现在她要将砍价运用到涨价上，砍价对半砍，涨价就要双倍涨，五万涨他个十万，若是不行，再把价格降下来，最后成交价指定比五万多。主意打定，奶奶就伸出了十根手指，摊主一看，面有难色，告诉奶奶："五万最多。"奶奶又伸出九根手指，摊主还是没有同意，最后奶奶伸出了六根手指，摊主终于一拍大腿道："成交。"

　　但这次奶奶却不乐意了，十万讲到六万，这人比自己还会砍价，不行，说出去都会被人笑话，于是奶奶真的拉上自己的女儿要走了。看到这个不好对付的农妇动不动就走，这个摊主真是哭笑不得，索性不再理对方，到时对方想明白了自然会回来找自己。于是摊主给自己倒了一杯茶，悠闲地喝上了。倒是让已经走到楼梯边的奶奶后悔不迭，她以为对方还会把自己叫住，没想到这都快下楼了，身后还是没有声音，难道自己真是狮子大开口，贪得无厌？此时回去就被动了，于是奶奶索性一咬牙一跺脚走下楼，在茶楼门口看到对面有一家绿色的邮政储蓄银行，像找到大买主般，马上飞奔过去。

　　奶奶怎么都想不到，向来精明的自己会栽在银行里。当奶奶将钻戒掏出来想让银行的工作人员估价时，坐在柜台里面的工作人员神色大为紧张，将我奶奶当作窃贼盯了许久。奶奶被盯得浑身不自在，一个劲地催促对方快点。等了很久，工作人员从里面的房间出来了，对我奶奶说："这是别人报失的钻戒，要上缴。"见我奶奶不信，工作人员又当场拿出了另一颗一模一样的钻戒，告诉奶奶："这个钻戒是一对的，你捡的是母钻。"奶奶看到对方手里的两颗钻戒，顿时心如死灰，拖着女儿满脸羞愧地离开了银行。

　　奶奶亲手葬送了平生唯一一次发财机会，悔得肝肠寸断，一路上不停地让女儿发誓别把此事捅出去，就当从没发生过。女儿见自己满怀的好吃的，鼓着腮帮答应了奶奶。倒是奶奶不让女儿提，自己却提了一路，走一段就停下来跳脚，直到快到家门口时，才装作真的什么事都没发生。这件事从始至终只有奶奶和母亲知道，在我十岁这一年，母亲见奶奶也听不见了，就在饭桌上将这件事当成笑谈说了出来，我听后，如获至宝，赶紧将母亲拉到厨房，悄悄问她："家里有五十万为什么不告诉我？"

　　"什么五十万？"母亲问。

　　我把在父母房间偷看存折的事说出来后，母亲笑死了，然后进房间把那张红色的存折当我的面翻开，让我看看里面到底有多少钱。我数了数，确定地说："没错啊，就是五十万啊。"母亲这时才明白，她的傻儿子竟把小数点后两位数字也算上了，把五千块当成了五十万，然后就没再理我了，去找还在跟爷爷闹别扭的丈夫，问他年货还有什么要买的。父亲听到母亲的话，脸绷得更紧了，这句话让他回到了十几年前那条去往镇上的山路上。

当意外之财与自己擦肩而过后，奶奶终于不再做发财梦。每年依旧带着女儿去赴墟，母女两人也在一年复一年的赴墟途中变老和长大。在母亲十八岁那年，母女俩在赴墟的路上见到了一个神情颓丧的年轻人。那个年轻人胡楂儿没刮，头发极长，身上也散发出臭味，和一个流浪汉没什么区别。

"小伙子，你怎么了？"奶奶问。

年轻人站在山路旁的河流边，望着东流的河水沉默不语。这是父母两人第一次见面的场景。奶奶将年轻人领回家后，过了好久才断断续续从对方口里问清身世。原来这个年轻人就是上河村的黄红兵。此村经常和我村共同举办一些庆典活动，所以两村的人大都认识。黄红兵的父母在那一年上山砍柴时，被泥石流双双压死，导致他成了一个二十岁的孤儿。本来很多人都劝黄父黄母等天晴再上山，但因为儿子高考在即，需要及早准备儿子上大学的钱，所以他们没听别人的好意，冒雨进山砍柴。虽然雨势很大，但他们那天的心情却是高兴的，谁能料到村里的第一个大学生可能会出自贫困的黄家。就在黄父黄母以为儿子即将飞上枝头变凤凰，他们自己也能很快跟着享清福时，却没发现泥石流已经从山顶滚下来了。他们还在砍柴，边砍还边唱起了歌。那天躲在家里没外出的人在中午时分听到轰隆一声巨响。他们被吓坏了，齐出门看，看到青山被削掉了一块头皮，露出黄褐色的肌肤。他们想起进山的黄父黄母，问了一圈都说还没回来。于是一群人敲响黄家的大门，将还在午休的黄红兵从床上叫起。

他们拿着锄头进山找黄红兵的父母，找了半天，喊了半天没人答应。最后还是黄红兵自己通过父母遗落的一双鞋发现了残酷的真相。黄红兵发疯似的用锄头将掉落在小径上的石头撬开，其他人用锄头把黄泥刨开，在傍晚时分才从里面拖出那对被泥石流砸死的夫妻。黄红兵将父母背回家后，给父母清洗干净。看到父母临死前还死死握着的那把柴刀，黄红兵痛不欲生，用了很大的力气才把柴刀抽出来。噩耗传来，整个村子都陷入巨大的悲伤中。

善良的邻居帮忙料理完葬礼后，黄红兵却一直没缓过来，不管谁劝都没用，一劝黄红兵的眼泪就流个不止，还不停地打自己，嘴里断断续续地念道："要不是自己父母就不会死。"很多人让他好好高考，考个好大学才能慰藉父母的在天之灵，但黄红兵哪还有心思高考。在几天后的考场看到试卷依旧泪流不止，最后落榜也在情理之中，这才让村里第一个大学生的头衔意外落在梁凤生头上。

"你以后准备怎么办？"奶奶问。

"我，我不知道。"黄红兵说。

如果不是母亲时刻开导他，或许黄红兵还会一死了之。那天他站在河岸就打算让河水带走自己，跟父母团圆。父母意外罹难后，黄红兵做什么都不得劲，脑海里总是出现那天父母对他的谆谆教诲："你在家好好复习，什么都不用干。"这一幕变成了梦魇时刻折磨着黄红兵，母亲不忍看他如此悲伤，跟父母商量以后让他和自己去赴墟，一来陪他散散心，二来也能让他找点事做。爷爷奶奶答应了。就这样春去秋来，黄红兵脸上也渐渐有了笑容，看母亲的眼神也多了一股似水柔情。去赴墟也再不用事先让人把东西记在纸上了，黄红兵读了很多书，脑子灵光，总能一件不落地把东西买全。

那条去往镇上的山路就这样在母亲的脚下越走越短。以往和奶奶赴墟时，这条山路总是漫长得没有尽头，当她和黄红兵并肩走这条路时，这条路就像她的心跳一样短促。刚开始，他们话不多，母亲走在后头，看着前头挑着竹篓的黄红兵，好几次都跑上前问他累不累，要不要自己挑一段路。黄红兵挑惯了木柴，对这两个空竹篓自然不在话下。后来，他们关系越来越近后，母亲就负责挑去时的空竹篓，满载而归时就让对方挑。他们去时一路说个不停，黄红兵经常停下来告诉母亲赴墟途中经过的小庙有什么故事，文物摊上的那些字画都是出自哪个名人的手笔。去时嘴不停，归时嘴也不停，不是嘴里塞满了在镇上买的小吃，就是牙齿都被山上摘的野果染紫了。

等爷爷发现情况不妙后，他们早已偷吃了禁果。看到女儿怀上了黄红兵的孩子，爷爷急坏了，倒是开明的奶奶拿了一个主意：让黄红兵入赘。得知这个消息的黄红兵犹豫了，在床上躺了三天，第四天拉上一直在他房门前焦灼等待的母亲，告诉这对好心收留自己的夫妻他同意了。于是在父母举办婚礼之前，入赘仪式先开始了。

入赘在我们那被称作"添肋骨"，意指没有或缺少男丁的家庭没有或少了"肋骨"，招了夫婿，也就添了"肋骨"，也被称作

"叠墙卫"，意思是一个家庭中的男人好比房屋的墙壁，有了男人，如房屋墙壁完整，也就有了保障。但不管是"添肋骨"，还是"叠墙卫"，首要之务就是改姓。黄红兵害怕此举会让父母死不瞑目，自己非但没有光宗耀祖，反而断送了黄家的香火，这在宗族观念强烈的乡村，无疑是大不孝。

　　而且不仅仅是改姓这么简单，连名字都要换，换成倪家族谱中的字，然后取新名。所以黄红兵最后想做一个倪红兵的愿望也落了空，看着成为自己父亲的爷爷翻着倪家族谱，嘴里念念有词，母亲在旁一脸含羞地看着跪在地上的自己，黄红兵顿时觉得自己像刚诞生于世的婴儿，唯一不同的是，他这个婴儿已经二十二岁了，已经知道不是天下所有父母都有能力让儿子健康成长，经常也有在孩子成长期间发生父母突然殁去的意外，这个时候，可怜的孩子不是流落街头成为孤儿，就是重新出生一回，认别人作父母。如果说婴儿没有选择父母的权利的话，那么他这个成年人也没有选择父母的权利。但其他人却不这样看，他们无不认为遭逢变故的黄红兵竟还能有这种幸运，无疑是上天眷顾的结果。

　　爷爷将族谱翻到中间一页，念道："堂景乾洲耀……"于是就将黄红兵改成倪云洲。听到自己新名字的黄红兵还想再争取一下："我的名字可不可以不用改？"

"不行，既然已经是倪家的儿子了，就一切都要按倪家的规矩办事，再说红兵这个充满意识形态的名字早已不合时宜，新时期就要有新面貌。"族长倪乾南道。

父亲听到这话后笑了，若红兵这个名字是"文革"余孽的话，那按照族谱命名就可以说是封建余孽了。但他没把这句话说出口，他在等待机会，等到自己在倪家有话语权后，再打破这种可笑的取名制度，以后人们想给自己取什么名就取什么名，再也不用看在谁的面上委屈自个。不得不说，父亲的这个想法源自他的同学梁凤生，在梁凤生写信告诉家里自己取了一个英文名后，梁家马上乱成了一锅粥，并在信里严肃斥责了梁凤生这种数典忘祖的行为，搞得梁凤生以后回来时只敢以"梁凤生"这个中国名字示人。

"明白了，"倪云洲对爷爷说，"爸爸。"

不祥鸟

姐姐终于答应大年三十那天陪我去老族长家。我很不情愿，我还在跟家人置气，等着父母跟我道歉，躺在床上等了很久，没等来父母，姐姐倒出现了。我盖住被子不想见她，她站在床边说了很多好话，即使在我最受宠的那几年我都没听过这么多好话。我不知道姐姐从何处学来的这些话，还没到大年初一，姐姐就提早往嘴上抹蜜了。我不想理她，将被子盖得严严实实，在临近过年碰到这档子事，我心里堵得慌。

我越想越委屈，泪水打湿了被褥，但又不敢被姐姐发现，裹紧被子将抽泣捂在被窝中，刚换洗的被褥还散发着阳光的味道，我在这种好闻的味道里伤心得无法自已。姐姐虽然听不见我的哭泣声，却能看到被子在扭动，就像一条蜕皮中的蛇。她看到这条蜷缩中的蛇就明白了她的弟弟此时在哭鼻子。

她二话不说掀开被子，我的眼前突然一亮，眼泪瞬间无处遁逃，我赶紧抽出手去擦，然后双手捂住眼睛，姐姐强行将我的手掰开道："赶紧起床，别再使小性子，过完年又大一岁了。"我只好不情愿地从床上起来。连早饭都没有吃就逃离这个没有人情味的家。

从姐姐的嘴中，我得知很多外出的人都回来了。现在这些外出回来的人站在马路两侧，谈论着一年的得失成败，期许着在新的一年里得偿所愿。很多人家的门上都贴了对联，装裹着这个寂寥的乡村。每个人都拥有一副崭新的面孔，这些面孔很快会在过完年后恢复成干瘪的模样，然后又在临近过年时重焕生机，就像一个橘子从饱满到丧失水分的全过程。倘若用心观察，还是能立刻从这些饱经风霜的面孔上窥见异样，这些异样即使有笑容装点，还是无法完全避免颓势。我已经看过太多类似的面孔了，我不想用喜庆掩盖自己内心的真实想法，所以在这个人人都喜气洋洋的日子里，我依旧眉头紧蹙。很多外出归来的人在临近过年的日子里看到一个小孩一脸不高兴地走在路上，都感到很奇怪。

"那个小孩怎么了？"有人问。

"他是倪家的傻子，"有人悄悄地回道，"喜怒没个谱。"

然后这些人就这样知道了关于这个傻子的一切，并议论起了这个傻子此刻的言行穿戴。而作为傻子的我，却比谁都清楚，自己又成了街谈巷议的话题人物。我并不在意别人的看法，反倒是我的姐姐，看到别人在议论她的弟弟，就不乐意了。她怒气冲冲地走到这些人的面前。

"你凭什么说我弟弟？"姐姐愤恨不平，"媳妇都跟人跑了还有脸说别人？"

"也不看看你自己，"姐姐怒火中烧，"三十好几了还没讨老婆。"

这些人没想到自己会被一个小女孩当众扇脸，一时惊呆了。一个小女孩不可能知道这些事，肯定是大人教的，所以本来是我姐姐挑起的矛盾，最后却无辜牵连了我父母。好在当时我父母不知道，不然姐姐一定会当众挨揍。这些人一个个被气得脸色铁青，又拿姐姐无计可施，好在这时我这个傻子出面了。我要回去告诉父母姐姐没礼貌。这些人一听，乐了，赶紧怂恿我回去跟我父母告状，姐姐没想到自己的好心竟没好报，死死地瞪着我，看我真要去告状，马上换上哀求的口吻："别，姐姐求你了。"

最后姐姐表示要将压岁钱都给我时，我才断了告状的心思。于是我牵着姐姐的手兴高采烈地继续往前走，隐隐听到后头的话："真是傻子。"族长家很快到了，他家还没有贴上对联，也是，整个春节都要在我家过年的族长还贴什么对联，自有我家的对联会让他感到过年的喜庆。我和姐姐敲了敲门，无人应答，这时从屋里传来几声乌鸦的叫声。

对老族长倪乾南我一直颇感好奇，他是村里唯一一个不一样的人。虽然我对他的了解仅限于家人零星的讲述，但仅凭他不受习俗的制约，说些在过年期间不合时宜的话，我就很佩服他。想到他的到来会冲淡家里貌似喜庆的气氛，我的心里别提有多高兴了。但此时，我和姐姐敲了好几遍门后，族长还是没来开门，只有屋里的乌鸦叫声。姐姐在喜庆的日子里听到晦气的乌鸦叫，有些害怕，叫我赶紧回家。我不听，趴在门缝里试图看清里面的一切，还用手掰门，看不清掰不开，我后退几步，这才将族长的房子看清楚。

仅从外观上看，没有人会相信里面还住了人。这间屋子是泥土房，墙壁的裂缝可以伸进一个巴掌，屋顶的瓦片看上去像一只只排列整齐的乌鸦，乌鸦的头顶是被烟花迷眼的天空。墙上还能看清具有时代特征的标语，狭窄的木窗内好像有人正往外窥视。好在我进过族长的家，知道屋里的装置和外面大为不同。这时大门开了，出现了族长那双明亮的眼睛，还没等我说话，族长先发话了："我知道了，晚上一定准时到。"

我瞥见族长身后的墙壁上挂了很多照片，就像那些挂在墓碑上的黑白相一样，还隐约能看见缭绕的烟雾，族长在关门前往我怀里塞了一个东西，我以为是压岁钱，没想到拿起来一看，是一只还没长毛的雏鸟。这只鸟儿在我手心爬动，活脱脱一只小鸡崽。我拿起鸟儿，高兴得前仰后合，不等姐姐就往家跑。姐姐忙从后头追来。那些人看到我拿着一只鸟在大路上跑，都停止了交谈，有人甚至跑过来让我把这只鸟儿给他玩玩。我当然不乐意，而且从这些人的表现中我更是知道了这只鸟儿的价值。我拿着鸟跑过了这些讨厌的人群，来到前方的路口时，发现有两个小孩在吵架。

说是吵架其实不太准确，确切地说一个小孩在骂，一个小孩在听。骂的小孩穿着很土，听的小孩穿戴很时髦，一看就是刚随父母从大城市回乡过年的。骂人的小孩嘴里机关枪似的骂个不听，让听的小孩云里雾里。前者用带有脏字的家乡话问候后者的父母，后者在城里生活多年，早已忘了家乡话，现在听到这些似曾相识的乡音，竟一时之间颇感亲切。我在这两个奇妙的小孩身上好像看到了我的奶奶——我奶奶耳聋后，对家人的责骂抱怨也像城里小孩那样，听不懂，但一脸认真；也在这两个小孩身上见到了从外地到这过年的那些女人。

那些女人是本地男人的女朋友，家人见儿子带回了对象很高兴，不停地对准儿媳嘘寒问暖，但自己的热情总在对方的身上失去应有的效果，直到此时，他们才知道，真不是自己礼数不周，而是由于言语不通对方无法受用。所以他们就让儿子教女朋友家乡话，这些混过几年大城市的年轻人，哪会听父母的话，他们在城市打拼时，巴不得要马上摘掉自己乡下人的帽子，因为作为乡下人最重要的标志就是一口不标准的普通话，而且这些人在城里说话时，即使尽量咬字清楚，别人还是能从发音中发现对方是哪个地方的人。所以在城里努力锻炼的普通话，不可能回乡后完全不讲，更重要的是，同在城里说方言恰恰相反，在乡下说普通话可是见过大世面的表现。

那些父母见回家过了好几个春节的准儿媳始终不会说方言，非常生气，以为是对方看不起自己，丝毫没意识到从中作梗的是自己的宝贝儿子。不仅父母，就连一些不相干的亲戚都会给男人施加压力，让他抓紧时间让对象学会家乡的方言。好像没学会方言就不是自己的媳妇一样。那些外地来的女人没想到听不懂这些方言，竟也乐得清闲，因为若是她们回自己家过年，依旧会被自己的父母要求这要求那。所以，不管是说普通话的，还是讲方言的，始终都逃不开一个"逼"字。

就这样，做儿子的从不主动教，做儿媳的也从不主动学。有什么事就让男朋友代为翻译。翻译因此成了乡村奇景之一。很多人都以为翻译一般出现在两个不同国家的人身上，没想到在同一个国度里，翻译也时刻能派上用场。有些大学生甚至从中发现了商机，若是学会了天南地北不同的方言，将来说不定还可以靠翻译方言为生，而不用辛苦远赴海外。

如果仅是外地来的媳妇不懂事也就罢了，现在连那些小孩都有些变异了。外来媳妇不懂本地方言还能用诸多借口搪塞，自己的孙子孙女不会说家乡话就有些过分了，先不说其他的，起码跟别的小孩吵架时就不会吃这么多哑巴亏。本地小孩还在骂个不停，这些带生殖器的脏话也是从他家人身上学来的，而且就算被骂的小孩发现了不对劲儿，用普通话回骂力道也会弱许多，之所以现在方言没有最终消亡，我觉得世人只要还有纠纷，这种堪比骂人利器的方言就始终还有用武之地。

我手里的那只鸟儿好像也看不下去了，发出"哑——哑——哑"的叫声，乌鸦叫声一出，立马让那两个小孩闭嘴了。相比于人类的谩骂，乌鸦的叫声则更加厉害。所以从这方面来说，作为灵长类的人类还是比不上作为鸦科类的乌鸦。而且两个小孩都知道乌鸦象征着不祥，所以当他们听到不祥的鸦音后，竟然和好如初，一齐将目光放到我这个比他们大五六岁的大孩子身上。他们不知道我为什么会在好日子里抓乌鸦，一个用我熟悉的方言问我，一个则用我还不太熟悉的普通话问我。

"短命子，你不怕死吗？"这句是方言。

"乌鸦是死人的灵魂。"这句是普通话。

我对第二句话很感兴趣，见过大世面还就是不一样，说的话都与众不同。我很少听过这么有意思的话，除了族长，乡下的任何一个人都说不出类似的话。现在从一个小孩嘴里说出这句话，我顿时觉得族长也就那样。就连我那个在城里教书的舅舅，也说不出这么有意思的话，他只有在事不关己的时候才会说几句真知灼见，当事关他的儿子我的表哥时，他就变得和众人一样平庸乏味了，舅舅也是他自己口中所谓的"嫁接法则"中的一员，他还在读高中时就"嫁"给了那个比自己大十二岁的校长的女儿，所以他的儿子比他姐姐的儿子大许多。在表哥上初学时，作为语文老师的舅舅为了增加儿子的阅读量，给他买了很多课外书。本来想靠这些课外书充实儿子的文史知识，没想到表哥一看这些小说就入了迷，上课看，下课看，吃饭看，上厕所也看。就这么看了一个学期后，成绩不升反降。舅舅急得像只热锅上的蚂蚁，想要制止已经来不及了。不仅如此，表哥不仅看小说入了迷，还尝试写起了小说，八百字的作文纸还不够开个头。为此，舅舅找了很多人劝说儿子，等考上大学再写作也不迟，并举了很多写了数十年却毫无建树的反面例子，但表哥总有办法援引一些正面例子反驳自己的老子。

这让本来融洽的父子关系一下子变了味。在此之前，舅舅说的话，表哥总是奉为圭臬，后来表哥就把舅舅的话当成放屁了。教了十几年书的舅舅一下子变得不会教书育人了，总在旁征博引的儿子面前无地自容。舅舅说好饭不怕晚，表哥就说成名要趁早；舅舅说苦海无边，回头是岸，表哥就说开弓没有回头箭；舅舅说光阴似箭努力学习，表哥就说度日如年不如写作。直到此时，舅舅才知道这些自己再熟悉不过的俗语竟充满了这么多的矛盾，登时让他想一巴掌削死这个不孝子，但都在准备动手时被表哥警告："家暴是犯法的。"总让舅舅抬起的巴掌放下也不是，不放下也不是，表情变得极为尴尬。

舅舅眼见自己无法教育，就在每次过年来我家时，捎上儿子，让我父母帮忙教育。舅舅到了我家，我父母通过表情就能知道舅舅的心病好没好利索，舅舅恨铁不成钢地将儿子的期末考试卷从兜里掏出来，然后在桌面铺展，父母看到失分最多的还是在作文上面，六十分的作文只拿了二十分，看看卷面，看看表哥，不知道该不该再说一遍重复了无数遍的老生常谈。在表哥成绩下降之初，父母以为自己过来人的经验终于有了用处，就板起面孔教育表哥，没想到当场被表哥顶得够呛，从那以后，每次见到表哥时，说话都要字斟句酌，害怕哪句话又没说对，招来一顿驳斥。

所以父母现在不太敢跟表哥说话。而表哥也知道这些乡巴佬哪是自己的对手，所以每次交手时都把腰板挺直，并在脑海里快速索引用得上的名人名言。父母不愧是过来人，知道比知识是比不过了，就打起了感情牌。父母并不正面打感情牌，而是旁敲侧击。他们先是说舅舅这一生有多不容易，小时候虽然吃不饱穿不暖，但为了改变命运，还是认真读书，这才当上了老师，为了儿子能进一个好学校读书，到处走后门托人。原以为儿子能好好读书，没想到现在行差踏错，迷上了什么写小说。要是写小说有前途，怎么没见其他人一窝蜂地去写。别人就是知道这是死路一条，所以才好好读书。

"你不能这么自私。"父母叹气道。

表哥一听，脸有难色，他没想到他们这次竟不按常理出牌，当场搜肠刮肚，没想出什么好对策，最后终于眉头一挑，干净利落只回了一句："还不是靠我妈。"舅舅一听，哪还管什么犯法不犯法，一脚将儿子踹到门外，然后冲上去揪起表哥的衣领就一顿胖揍，边揍边骂："你现在翅膀硬了对吧，妈的，也不看看你每天吃谁的，住谁的，要不是我，你他妈现在能过得这么舒心？"我家人赶紧去制止，将舅舅拉开，让表哥赶紧认错。表哥见自己的老子被众人拉开后，从地上的鞭炮屑里爬将起来，拍了拍身上的灰尘，啐了口唾沫，咧嘴道："君子动口不动手。"

每当这时，我就更为崇拜表哥。不管遇到何等严峻的局面，他总表现出一副与年龄不相符合的淡定。要是我能有表哥的十分之一，我就不会在被别人欺负时吃这么多亏了。而且表哥好几次偷偷告诉我说，别看大人表面上好像赢了，其实他们输得连底裤都掉了。

"动手是懦夫最后的庇护所。"表哥总说让我听不懂的话。

其实我明白表哥之所以回回能占上风，真不是大人怕了他，而是他的年龄恰好给了他庇护。十四五岁的少年，天真烂漫，对一切都持有异见本就正常，而且往往还会仗着自己看过几本书就以为老子天下第一，不仅不把父母放在眼里，就连对老师也没有好脸色。少年是靠书本看待这个世界，而大人则一般用经验看待世界。当少年长大成人后，发现这个世界远不是几本书就可以概括的时候，就会寻求于经验避免自己犯错；当大人老去后，发现经验在这个世界寸步难行时，又会回过头来求助于书本。所以，不管是少年还是大人，其实无所谓对错，而是前者在本该遵循经验的时候误入书海，后者在本该借助书本的时候轻信经验。要是两者调换，说不定世上的矛盾会少一点。但这样一来，本该是少年的成了大人，已是大人的倒成了少年，对立面还是会存在，所以错的不是人类，而是岁月本来就是错误的。

这些话没人告诉我，我是通过奶奶的切身遭遇学到的。奶奶耳聋后，一直念叨着小时候要是有机会读书，现在也不至于人憎狗嫌。奇怪的是，虽然奶奶大字不识，但对数字却很敏感，也许这受益于她年轻时在镇上与小贩讨价还价的经历。几十年的讨价生涯不仅让奶奶能估会数，还让她练就了一副口才。得益于这副口才，避免了奶奶晚年吃更多的亏。每当她听不到家人的抱怨但却能在家人的表情里看出家人对她的抱怨时，她就会得理不饶人，说个不停，反正她自己也听不到，这可害苦了本想占点口头便宜的家人，最后非但没占到半点好处，自己的名声却臭遍了整个村庄。

本来老人被儿女嫌弃在村里已经见怪不怪了，但这种现象一直未被挑破，大家心知肚明。这种现象如今之所以摆在了明面还是拜奶奶所赐。奶奶不仅在家里反唇相讥，还会把这种家门不幸周知一干街坊。所以很快，大家都看清了我父母的真实面目。当以后我父亲再想化解别家纠纷时，别人就不会买账了。为此，父母几次想坐下来跟奶奶好好说说，但每次都被耳背的奶奶置之不理。若是父母脸色稍有不顺，奶奶又会故技重施，长此以往，父母只好打发姐姐跟奶奶交涉。姐姐出马后，非但没有消弭奶奶心头的不满，反让父母的名声更加显著了。姐姐传错了话，或者将父母的真实意图翻译错误。刚开始，父母还觉得奇怪，当他们出门被更多人戳脊梁骨时，父母才明白原来竟是自己的女儿在背后火上浇油。

本来父母被戳的脊梁骨只有"不孝"这一根，最后竟多了一根"虐女"。大家虽然对不孝习以为常，但对虐待儿女还是无法容忍，加上我家的家务都靠姐姐操持，我的父母老后说不定还要靠这个女儿养，因为他们的儿子是傻子，所以他们对我父母的不满就更多了。父母知道后，敢怒不敢言，冲着得意的女儿咬牙切齿。每当这个时候，奶奶看到落于下风的父母，一张老脸就会重放光芒。

奶奶知道家人拿她没办法，就一改在旁人面前诉苦的可怜相，变成在旁人面前嘚瑟的炫耀样。这种样子经常让其他老人羡慕，这些老人家里也有一本难念的经，就想跟我奶奶求经问道。我奶奶幸好没有真的老糊涂，知道能念好自己家的经，对别人家的经可就难念了。当别的老人看到我奶奶摊手耸肩时，就知道自己真是病急乱投医了。其中有一个老人的情况比较特殊，她跟我奶奶的年纪相仿，不同的是，她有两个儿子，一个儿子儿女双全，也在村里盖了房，另一个儿子至今打光棍，每年在外面漂。她愁的不是大儿子，而是惦记小儿子。

小儿子的婚姻大事一直让她寝食难安，每年开春时都背着儿子托人介绍对象，听完她小儿子的条件后，就连经常夸口世界上还没有自己做不成媒的媒婆都退却了。她的小儿子不仅年近四十，个子也小。年纪大加上个矮，让许多媒婆都挠头，而且就连一些离异妇女都不愿意跟他搭伙过日子，搞得这个老人一天比一天见老，每次都坐在门槛上抹泪。

"你哭什么啊？"有好心人关心道，"你的大儿子这么能干。"

"我不担心我的大儿子，"老人抽泣道，"我记挂我的小儿子。"

好心人一听也摇了头，走开了。她的大儿子见她每天坐在门槛上碍事，就冲她发火，这一发火，自尊心受不了的老人就扶着门框站起来，要离家出走，去找她小儿子。在村里走了几圈，哪有她小儿子的身影，他还没回来，可能今年又没脸回家过年了，想到这当街洒下一把热泪。很多人怕她在喜庆的日子里会有什么闪失，就让她赶紧回家吃团圆饭。她不听，小儿子没回来吃什么团圆饭，不吃，就这样站在路上盯着回村的车辆，以为能在这些车辆里发现她小儿子的身影。大家都感到很奇怪，眼睛不好使的这个老人怎么能看清这些没关车窗的车里坐有多少人。这个老人瞅疼了眼，不舍地望了眼那条进村的路，在旁人的目送下颤悠悠地回家。就在这时，有人把老人叫住了，老人回过头来，看到是

手里捧着只鸟儿的我，盯着我看了许久，又盯着我手里的雏鸟看
了许久，当她听到雏鸟发出的叫声后，生气地拂袖而去。

"婆婆，别走，你儿子回来了。"我说。

老婆婆不信，还在头也不回地走。我跑上前去拉住她的手，
让她回头看。她慢慢地转过头，看到她的小儿子真的出现了，不
是坐在车里，而是坐在又进城淘碟的那个老人的三轮车里。只见
这辆三轮车缓慢地驶到跟前，车厢里装满了水果蔬菜，还有一个
风尘仆仆的归人。这个归人跳下三轮车，只比三轮车高一个头，
然后一手提着包，另一只手帮载他回来的老人卸货。老婆婆瞬间
湿了眼眶，连摔带跌跑到儿子跟前，拉起儿子的手全身上下看个
遍。大家见到这对母子相逢的情景，都酸了鼻子。有的帮他儿子
拎包，有的扶着老婆婆。

到家门口时，有人叫了一声。老婆婆的大儿子系着围裙，拿
着锅铲出现在了门口，看到弟弟回来了，没有说一句话，只是从
鼻子里喷了一口气。小儿子没想到哥哥的新房这么大，有些不好
意思，低着头走进客厅。帮忙拎行李的人走后，小儿子从包里掏
出三个红包，一个给他母亲，另外两个给侄子侄女。见到红包后，
他的嫂子脸上有了笑意，赶紧倒了杯茶放在他的面前，道："年

夜饭就快好了，回得及时。"

我见众人都各回各家了，也回家准备吃年夜饭。老族长提前来了，正和我父亲坐着饮茶，见到我，摸了摸我的头，说我又长高了。奶奶早知道族长要来，几天前就在门口张望，等族长真的来了，此刻却不见人影。我看到房门没关严，跑过去偷看奶奶在房里做什么，发现她在房间翻箱倒柜，试穿新衣，穿好那件大红棉袄后，又拿起把木梳将额头的发梳好，然后深深地吸了口气，我赶紧在奶奶出来之前回到客厅坐好，然后告诉族长，奶奶越老越爱美了。奶奶出来了，一身靓丽出来了，把在喝茶的族长惊得目瞪口呆。这身大红棉袄已经许久不见奶奶穿过了，还是在她刚嫁过来的时候穿过几回，现在老族长见到这熟悉的一抹红，有些不好意思，将头扭到一边。我的爷爷在一旁气得翘胡子，开口让他婆娘别在生人面前丢人现眼，赶紧把衣服换了。奶奶哪听得到爷爷的话，还在望着族长出神。

族长站起来，对打扮的奶奶无动于衷。奶奶慢慢地低下了头，眼里噙泪，在老族长面前，奶奶总是不敢高声语，此刻也没有说话，而是像个小姑娘一样将头低到了尘埃里。然后转身回房换了一件旧衫。这时族长才说话了，说还是这身看着舒服。奶奶虽不情愿也不好说什么，坐在属于她的凳子上，她通过族长的脸知道族长不像刚才那样怪异了，也将悬着的心放回肚里。我看到这几个奇怪的大人，想不明白这些大人心里都在想什么。我没再理他们，而是抚着鸟儿的羽毛，就在这时，这只乌鸦突然"哑——哑——哑"地唤了起来，声音大得连门外经过的人都听见了。

父亲皱紧了眉头，在他第一眼见到这只乌鸦时，脸色就很难看。现在见到这只乌鸦又聒噪起来，脸色就更难看了。我可不怕，有这只乌鸦的主人族长在，谅父亲也不敢怎么样。族长听到乌鸦叫倍感亲切，他让我拿给他看，他摸了摸乌鸦长出来的羽毛，对我说："长得真快。"这句话和刚才族长夸我长高的那句话如出一辙，父亲终于生气了，他让我赶紧将这只鸟儿丢了。

"小孩不知道，"父亲说，"难不成连大人也不知道这是只不祥鸟？"

这句话是说给族长听的。族长听后也不恼，告诉父亲，世人皆言乌鸦不祥，他却觉得乌鸦比喜鹊还吉祥，而且乌鸦反哺一直被用来象征孝顺的吉祥鸟。父亲听到这话后，脸上红一阵白一阵。奶奶在乌鸦叫出第一声后，没有什么反应，在乌鸦叫出第二声后，大惊失色，好像听到了报丧的声音。

　　"乌鸦嘴。"爷爷在反驳族长的话，然后赶紧安抚自己的婆娘，奶奶还是情绪激动，久久不能平静。她两眼无神地盯着此时已回到我手里的乌鸦。奶奶没见过乌鸦小时候的样子，在乌鸦没开口时，她一直以为我手里抱的是只雏鸡，当她听到乌鸦叫声后，好像在眼前见到了漫天遍野的成年乌鸦。这些乌鸦脊背的颜色皆为金属光泽的紫蓝色，在空中飞舞时经常让人误以为有人在天上打翻了墨盒。现在奶奶见到这瓶墨盒正往自己身上倾倒，吓得钻到了桌下，抱着头瑟瑟发抖。

　　而且这只乌鸦此时也不让人省心，还在叫唤不停。我不知道耳聋的奶奶是如何听见的，以为奶奶是看到乌鸦张开嘴的模样回到了耳聪目明的年轻时代。那个时候的奶奶不怕这些不祥鸟，她还是嫁到倪家后才第一次见到这种鸟。在她挺着大肚子下田收稻子的时候，这群乌鸦就这样飞过她的头顶，遮住头顶的烈日蓝天，然后往悬崖飞去，叫声经常在奶奶晚上睡觉时还能听见。原以为在农闲时这些鸟就会飞走，没想到有几只飞到了家门口的那棵老槐树上筑起了巢，虽然族长年年清理，但还是在第二年的开春又死灰复燃。直到此时，奶奶才知道族长可能并未真正把树上的乌鸦赶尽杀绝，而是留了种，故意骗别人说自家的鸡蛋一直用乌鸦巢孵育。

我很害怕，赶紧撒手，乌鸦落到了地上，扑棱着翅膀，然后我也钻进桌底下，告诉奶奶没事了。没想到乌鸦也跳到了桌下，正冲着我张嘴"哑哑"叫唤。此时，有人进来了，还没到大年初一就有人上我家拜年了，看来父亲在村里的名声真像他自己所说的那样妇孺皆知了。我透过桌脚，看到一双锃亮的皮鞋，与农人穿的解放鞋大相径庭，我从没看过穿皮鞋的人上我家，想着来人一定很有身份。我慢慢地抬起头，看到了一件过长的裤子，然后腰际那根狮头皮带就在我面前张扬着鬃毛，发出摄人心魄的寒光，再往上瞧，就是一件黑色西装，一根红色领带趴在白衬衣上，然后那张我半个小时前刚见过的脸就这样又在我面前咧开了起皮的嘴，被烟熏黄的牙齿让我不禁对这副笑容心有余悸。

"什么时候回来的？"父亲道。

"刚回来。"来人说。

父亲忙请他落座，然后给他倒了杯茶。此时我爬出了桌底，站在桌边看着这个我叫小叔的中年男人。他矮小的身子深埋进了椅子，手里拿着一只刚倒上茶水的杯子，每次喝完茶，他都需要把身子挪开椅背，然后把悬空的双脚撑在地面才能将杯子放回茶几上。他每喝完一杯父亲就重新倒上一杯，所以他次次都要背靠椅子后又要将身子往前蹭，后来，他终于知道只有在椅子上放半个屁股才不会连杯茶都喝得如此辛苦。父亲对他嘘寒问暖，不是问他在城里赚了多少钱，就是问他什么时候结婚，小叔回答父亲不仅钱没赚多少，就连媳妇都不知道还在谁的肚里没出生。

父亲听到这话后笑了，让他别着急。此时，奶奶也恢复了理智，坐在凳子上盯着小叔看，这个她一直看着长大的小叔，怎么几十年过去了还是没怎么长高。小叔也看到了奶奶，走到她身边，握起她那双长满老茧的手，提前跟她拜年。奶奶听不到，只看到来人露着一嘴黄牙笑得有些勉强，赶紧抽出双手。小叔有些尴尬，从兜里掏出一个红包递给奶奶，奶奶见到后双眼放光，来人的那嘴黄牙也逐渐褪掉黄渍，在她面前出落得洁白如新。不仅如此，小叔的身高也在奶奶的眼里变得高大起来，再不是小时候那个偷吃都够不到灶台的小屁孩了。

然后小叔走到我面前，伸手摸我的头，没够到，只好拍拍我的肩膀。我看到他又从西服内兜掏出一个红包，塞到我手里。虽然我接红包的速度够快了，但还是被父亲瞧见了。于是我只好不情愿地接过这个注定会被父亲"代为保管"的红包，塞到热不到两分钟的兜里。小叔看我脸色不好，以为嫌少，终于将笑容用起皮的唇藏起来，在我面前换上一张懊丧的脸孔。此时，在厨房忙碌了一个下午的母亲终于将年夜饭做好了，一一摆在桌上，见到这个多年未归的小叔时，大为惊讶，赶紧用围裙擦手，从茶几上拿起小叔喝的那个杯子，递给他。小叔赶紧接过，嘴里不停地说："嫂嫂倒茶，雷公会劈的。"

喝完一杯后，小叔将杯子放下，把母亲叫到一边，我悄悄跟过去。母亲擦着手把耳朵凑到他嘴边，以为他相中了哪家姑娘，需要自己介绍，没想到小叔却说道："嫂嫂，我们村的倪姓总共有多少小孩啊？"母亲一听，以为他是为自己年逾四十还无一儿半女感到伤心，就安慰道："也没多少，很多人也还没生小孩呢。"小叔见母亲误会了自己的意思，有些着急，又问道："到底有多少呢？"母亲看到小叔的头上有些谢顶，用手悄悄细数着，然后回答道："差不多有十五个小孩。"小叔听后，从鼓鼓的西装外兜掏出一大沓红包数，不多不少，刚好十五个，数完后塞回西装外兜，然后跟我母亲告辞。

"吃完饭再走啊？"母亲挽留道。

"不了，嫂嫂，"小叔回道，"大家回来过年都快快乐乐，唯有我一人不快乐。"

母亲听后一怔，鼻子一酸，看着小叔穿着那身不合身的西服往别家走去。

禁忌

　　原以为这个春节和以往没有什么不同，没想到在大年初一那天家人还是发现了异样，问题出自奶奶身上。一向健朗的奶奶病了，躺在床上没有食欲。餐桌上的饭菜为此剩了很多，尤以肉类居多。以往的春节，不管家里买多少肉，奶奶都嫌不够，食欲极佳的奶奶总是有能力把用于整个春节的肉在大年初一那天就吃掉大半，害得父亲经常没有足够的肉留客。大年初一屠户都放下了屠刀，父亲没处再买肉，所以今年父亲为了避免这个问题再次发生，就在过年前囤积了比往年更多的肉。没想到肉多了，奶奶却丧失了食欲。

　　大家都感到很奇怪，一向无病无灾的奶奶怎么就病倒了，父亲见诊所关门后，只好硬着头皮请来大脖子巫婆。早上他见奶奶卧在床上哼唧，摸了摸她的额头，发现很烫，吓坏了，等吃完早饭奶奶还是没有见好的征兆，端到她床头的早饭也没吃一口。于是在这个大家互贺新春的大年初一，父亲踏上了一条去给他母亲找医生的不安之路。

大年初一的村庄笼罩在浓烈的烟雾中，持续了整个夜晚的烟火终于在早上到来之后停止了绽放和喧闹，现在烟火的余烬将整个村子变成了浓雾现场，很多拜年的人都拿不准主意要不要开车。隐没在烟雾中的父亲好几次撞上了人，幸好是在春节，所以将人的额头撞破后对方没急眼，还要彼此拱手互贺恭喜发财。父亲撞破了别人的脑袋，别人也撞破了父亲的脑袋。父亲摸了摸瘀青的额头，只敢在心里疼，不敢在脸上表现出来。不行，再这样下去，不仅看不好母亲的病，说不定连自己都要送急诊室了，父亲只好先停在路边，等烟雾散尽后再走。

他在路边掏出烟点燃，两边耳朵上还夹了两根。这两根是刚才把父亲额头撞破的人发给他的。父亲第一次觉得自己买的烟没滋味，将其掐灭后，摘下左耳上的那根点燃，发现真不愧是名烟，不仅好抽还很香，于是父亲很快就抽完了左右两耳的烟。抽完后还是没过足烟瘾，所以父亲就想再从人群里讨几根好烟抽抽。烟雾还没散去，父亲找了很久都不知道那些出现在烟雾中的人到底哪个身上才有好烟。他急了，一急就想蹲下去捡自己抽完的烟屁股，反正烟雾蒙蒙，也没人发现，但父亲最后碍于自己那可有可无的脸面，没有这么做。于是他从地上站起来，想到一个不被白撞的好办法，即专挑穿西装的人碰瓷。

父亲尽量把自己面前的烟雾用嘴吹散，终于看到有一个西装革履的人过来了，父亲做好准备，将头往前倾，但这次撞额头的声音不像前几次那样响，而是像个闷屁一样。父亲抽回额头一看，原来对方撞到了他胸上，这才看清原来是刚出门的小叔。父亲尴尬地笑了笑，摸了摸自己的胸口，小叔也很尴尬，摸了摸自己的额头，然后双方互散烟。待小叔离去后，父亲赶紧将小叔发的烟点燃，一抽，妈的，还不如自己的烟好抽，拿跟前细一瞧，操，竟是五块钱一包的白沙。刚才看小叔掏烟时，看到的烟盒分明是软中华。父亲将烟丢在地上，用脚狠狠地踩灭。

上了一回当后，父亲学精了，他不再从衣服上入手，而是靠鼻子闻，他可以靠味道辨明烟的好坏。父亲用鼻子从左往右嗅了一圈，都是烟花鞭炮的火药味让他呛坏了，就在他在咳嗽时，隐约闻到一种好烟的味道，而且就在前方几步处，于是父亲赶紧回到路中心，将头高高扬起，估算着对方的步子，计算着自己的脚程。还差一步了，父亲准备冲刺，最好让对方把自己撞出一个天大的窟窿，这样就不止一根烟的事了，说不定还能讨来一包烟。但父亲在前面没被任何人撞到，他扑了个空，后头却传来一声鞭炮的巨响，把他的耳朵炸得生疼。父亲掏掏耳朵回头看，发现是几个小屁孩在玩炮仗，刚想用脏话问候这几个小兔崽子，想到今天是大年初一，只好把脏字咽回肚里，换上一张笑容道："新年好。"

父亲不敢再试，只好像个瞎子一样慢慢往前摸，终于摸到了诊所门边，抬眼一瞧，关门了。父亲往地上啐了口唾沫，骂骂咧咧地往回走。去时一片烟雾，回时烟雾被太阳稀释了，让父亲得以看清这座他最熟悉的乡村,这一看就让父亲的怒气也全消散了，原来路面上留下了很多鞋子和红包，还有许多受伤的人坐在路上唉声叹气，许多对自己的驾驶技术非常自信的人也将车开进了烟雾中，现在不是撞到了路边的树，使车头变形，就是撞到了迎面而来的自行车,把自行车的车轮撞得严重扭曲,看样子断难复原。

父亲没去管那些受伤的人和报废的车，而是打起了地上那些鞋子和红包的主意。都是好鞋啊，鞋上的标识只在县里的专卖店和在电视上的广告上才见过，而且男鞋女鞋都有，父亲趁没人注意，捡了一双男鞋，然后把自己的鞋快速甩掉，穿上，发现窄了，又甩掉，去捡另一双穿上，有点挤脚，但能穿进去，于是父亲忍着鞋咬脚的疼痛，又去捡那些女鞋，最后发现这里面的鞋全家人都能穿上。此刻，父亲怀里抱了好几双鞋了，为了不让人发现，他从地上找了很久，终于找到一个空的礼品袋，将这些鞋都装进去。走了几步，发现自己的鞋有些显眼，为免别人找到，父亲把鞋在黄泥里蹭了蹭，这下就没人能看出来了。做完这些后，父亲准备往家走，看到地上那些红包太碍眼了，又蹲下来去捡。

这一捡又让父亲白捡了个大便宜，他以为这些都是空红包，傻子才会把装有钱的红包丢在地上，也只有傻子才相信地上的红包有钱。父亲不是傻子，但还是像傻子一样去捡地上的红包，捡起来刚想揉成一团掷到远处，发现没装钱的红包厚度没这么厚，这才将红包放在膝盖上展平，然后揭开红包口，有钱，还不少，足够买两包软中华了。父亲兴奋得差点晕过去，然后想起什么似的，赶紧把钱拿出来，再把空红包原地放好，他不敢把红包撕掉，他怕一旦把红包撕掉，别人就会第一时间发现红包里的钱被人拿走了。放好第一个红包后，父亲又去捡第二个红包，还是有钱。最后父亲一算，共捡了十五个有钱的红包，现在那些空红包在父亲身后的地上排了一行。

父亲赶紧往家跑，跑得上气不接下气，鞋子撑破了礼品袋，让鞋子掉了一路，父亲感觉袋子轻了许多，停下来喘气的当儿发现礼品袋破了，于是叉腰回捡，通过这些尺码不一的鞋，父亲首次计算清了这条乡村马路的长度，也首次看清这条马路的宽度。父亲先用鞋子去丈量马路的宽度，五双男鞋横放就到头了，长度比较困难，父亲需要捡起一双就往面前摆，并在心里默数着，等到他又回到小诊所时，虽然地面上留下的还是那几双鞋，但父亲已经在脑海里装了上千双鞋子了，也就是说这条马路的长度大概是一千步。

此时，很多人已经拜完了年，正走在回家的路上，父亲每捡一双，就停下来侧过身，待别人走过后再继续。刚开始，有很多手里拿着炮仗的小孩停下来，父亲为了尽快让小孩离开，就会从兜里掏出一张纸币，当作红包散给小孩，让这小东西赶紧去店里买玩具，慢一步就卖完了。小孩接过钱后，开心十足，赶紧一溜烟跑了。等父亲快到小诊所的时候，发现小孩更多了，而且还三五成群，这都是由第一个小孩带来的，第一个小孩告诉小伙伴有人在路上发钱，于是勾肩搭背地围住了父亲。父亲把刚捡来的

钱发得差不多了，冲着这群讨钱的小孩两手一摊，有些小孩以为
被骗了，就对带他们来的那个小孩撒娇抹鼻涕。这个小孩没办法，
被迫许可他们可以玩他刚买的玩具。

等这群小孩走后，父亲也算出了这条马路的长度。他很开心，
在春节第一天就有这么多的收获，不仅捡了几双好鞋，还捡了好
多钱，更为重要的是，弄清了一直不知道到底有多长的马路。于
是父亲再次转身，回家，通过这一来一回，父亲没了第一次白捡
东西的担忧，而是真的把手里的鞋子当成自己刚买的，所以他这
次走得不疾不徐，走一步就摸摸裤兜，相比手上看得见的鞋子，
装在兜里看不见的钱才更重要。但父亲摸后发现，妈的，钱早被
那些淘气鬼讨光了。父亲懊恼不已，不该为了一条无数人踩过的
马路献出这么一大笔钱。但后悔也没用了，垂头丧气的父亲只好
继续往前走。走了几步，身后传来一阵敲门声。

父亲往后看，发现那个大脖子巫婆正在敲小诊所的门，并压
低嗓子让赤脚医生赶紧开门。还没弄清缘由的父亲此时终于大发
孝心，拉上巫婆的手回家给自己的妈看病。巫婆为了赚钱，不顾
自己抱病在身的事实，真敢跟我父亲回家。巫婆在半道看到了地
上那些红包，想捡，被我父亲笑了。父亲笑她傻子才会去捡。话

还没说完，真有一个傻子蹲在地上捡。父亲发现是小叔，小叔都不查看红包，捡起一个就往西服外侧放，没想到西服外侧的兜漏了，经巫婆提醒后才把红包塞到西服内兜。

回到家后，父亲发现奶奶在房间破口大骂。以往奶奶要是感到不满，也不会在大年初一爆发出来，她会把怒火往后压几天，等过几天再把火发出来。憋久的怒火就像米酒，时间越长纯度越高。但这回奶奶没憋的怒火也很吓人。父亲以为奶奶的病好了，正为自己没吃到几块肉而发火。一问居然不是为了肉的事，而是因为衣服的事。母亲见奶奶卧病在床，想着要尽一个女儿兼儿媳的本分，本来嘛，孝顺要是搁往常也没多少人看到，只有在大年初一很多人来拜年之时，孝顺才能达到它应有的效果。所以母亲这回亲自给自己的妈洗衣服，在屋檐下提了一桶水洗那件她妈昨天刚穿过一回的大红棉袍。

上门拜年的人看到母亲这么孝顺，一个个竖起大拇指夸奖她，让母亲累在身上，甜在心里，双手揉搓得更快了，也不觉得这件老厚的棉袍难洗了。洗完以后，母亲也不要人帮忙，自己使劲扭干水分，并挂在了屋檐下，正对奶奶的窗户。奶奶生气不是因为洗了衣服，而是怪女儿不懂事，居然在大年初一往屋檐下晒衣服。

　　"大年初一在屋檐下晒衣服"是春节的禁忌之一。春节期间有很多禁忌，比如不能说脏话，不能上门讨债等等，尤其在大年初一禁忌更是数不胜数，经常让我不小心触碰雷区，惹来责骂。有一年，我看到院子里都是红色的鞭炮屑，就用扫帚去扫，这一扫就犯了禁忌。家人骂我大年初一不能扫地。虽然如此，但家人自己却经常犯忌，不是说不能说脏话吗？怎么把我骂了个狗血淋头。看来禁忌也要因人而异。现在看到母亲犯忌被奶奶骂，我感到很开心，我手里那只乌鸦也很开心。

　　母亲挨骂后，想了好久不知道哪里做错了，委屈得像个受气的小媳妇。她先端起一碗肉送到奶奶房间，但还是没有堵住奶奶破口大骂的嘴，又抱来一床被子给奶奶添被，却被奶奶踢到了床下。母亲急了，束手无策，开口问奶奶怎么了。耳聋的奶奶听不见，还以为这个不孝女要捂死自己。奶奶生病后，口才就没了用武之地，只能发出含糊不清的骂声。母亲在奶奶含糊的骂声中自己心里也乱成了一锅粥，不解地看着奶奶不停地用手去指窗外那片挡住阳光的阴影。

　　母亲没想到自己的孝心适得其反，很害怕，不停地让奶奶小声点，别被人听见。

　　奶奶本来因为生病没有食欲憋了一肚子火，正愁没地儿发，而且此刻千折百回的往事又在脑海捣乱，突然间发现洒到床头的一缕阳光消失了，强撑病体起来看，这一看就让她的怒火冲出了嗓门："好啊，现在看我快病死了，就敢往屋檐下挂衣服了。"并勒令母亲赶紧把衣服收走。刚骂时，奶奶的话还能听清，骂了一会儿后，奶奶就在大喘气了，骂声也像我手里那只乌鸦的叫声一样"哑"了。

　　母亲没有听见奶奶第一声清楚的责骂，在奶奶快岔气的时候她才知道房间出大事了。此刻看着这个老不死的躺在床上蹬腿踢被，母亲一时不知道该怎么办，看奶奶用手去指窗户，以为没把她的窗户擦干净，就去厨房拿来抹布，将门窗擦了一遍。这又犯了一宗"大年初一不能擦门窗"的忌讳，奶奶动作更大了，脸憋得通红，指着母亲。母亲看擦了门窗奶奶也不满意，就去将窗帘拉紧，这一拉让房间更暗了。奶奶在黑暗里撑起身子要下床，母亲听到动静，赶紧开灯，看到已经在床上坐起的奶奶，赶紧让她躺好。

　　这时候，父亲回来了。大脖子巫婆见奶奶这么大动静，赶紧跑进她的房间，吩咐家人快准备火盆，母亲一听如蒙大赦，赶紧从厨房端来一个盆，盆里放了燃烧的黄纸。现在这个火盆放在了奶奶的床下，把房间照得更亮了。母亲前去关掉电灯，看着咳嗽的大脖子巫婆将奶奶从床上扶起，让她跨这个火盆，还说跨了身上的鬼就会被吓跑，跨了半天发现奶奶没好，又问母亲家里有没有红衣服什么的，母亲想了半天，然后跑到屋檐下将那件还在滴水的大红棉袍递给了对方。大脖子巫婆差点没拿稳，没想到一件红衣这么重，此刻也不顾这件衣服是干还是湿了，二话不说就往奶奶身上披。奶奶见窗外的阴影不见了，心情好了大半。此举让家人对这个巫婆的本领更为钦佩起来，没想到一个火盆，一件红衣，就让奶奶的病好了。就在家人松了一口气后，又在奶奶的几声咳嗽中皱紧了眉头："咳咳咳。"

父亲见奶奶能下床了，让母亲赶紧拿走奶奶身上的那件湿衣，让她挂在屋后，别挂屋檐下。往前捯几年，在奶奶还能亲自让母鸡孵小鸡时，她经常告诉我，刚出生的小鸡最怕的就是老鹰。老鹰捉小鸡是乡村不多的几个正确的常识之一，以此衍生出的游戏在幼儿园颇为流行。老师扮作母鸡的样子，护着身后一群当成小鸡的学生，而凶神恶煞的老鹰一般则由最壮实的学生扮演。彼时，我一直不明白，在天上飞的老鹰怎么会打起地上这些小鸡崽的主意，直到奶奶告诉我不能在大年初一往屋檐下挂衣服时，我才知道这些老鹰原来都是被衣服引来的。

老鹰飞过刚收割完的稻田，站在屋檐下看着地上一群觅食的小鸡。这群小鸡在母鸡的带领下，只顾从土里刨食，没意识到来自于天上的危险。只要母鸡稍微远离鸡群一会儿，严阵以待的老鹰就会以迅雷不及掩耳的速度叼起一只小鸡就往高空钻，等到母鸡察觉过来后，小鸡已经被老鹰抓去了大半，咯咯叫唤着带领剩余的小鸡回窝，母亲数了几遍后，以为小鸡又被哪家的野狗叼走了，又找到养有恶犬的人家。这次是养犬人家替老鹰擦了屁股，一怒之下把新买来的狗崽子一脚踹死，以后再也没养过。

现实中老鹰常常能成功抓到小鸡，但在游戏中，最后胜利的一般由老师扮演的母鸡。这个规律是我在奶奶不厌其烦跟姐姐说故事的时候发现的。奶奶说的故事常常和现实情况南辕北辙，要是奶奶说的故事以大团圆结尾，现实中则往往是悲剧，如奶奶说的故事以悲剧结尾，现实中则常常是喜剧。就像老师刚带领这群小鸡崽战胜不可一世的老鹰后，有学生回到家后发现自家的小鸡却没能逃过老鹰的魔爪，不仅死伤大半，连母鸡身上也挂了彩。我的奶奶眼见于此，就会重复那句她重复过无数遍的话："不听老人言，吃亏在眼前，现在不敢再在屋檐下挂衣服了吧。"别人只好将湿淋淋的衣服挂在屋后。

常识之所以是常识，就在于没什么道理可讲。即使奶奶也说不清屋檐下挂衣服和招老鹰之间存在什么联系，反正她从小就被灌输了这个道理，现在她把这个道理再灌输给我们，想必不会有什么错。但奶奶没想到，她只是稍微有点头疼脑热，家人就把她的话当耳旁风了。要是她真一睡不起，指不定还会推翻多少她制定的规矩。所以，奶奶哪怕为了捍卫自己立下的规矩，也不会这么快让自己倒下。家人看到奶奶恢复了食欲，谢过了大脖子巫婆。

大脖子巫婆接过家人给的钱屁颠屁颠地离开了。本来她来或走，都和我没关系，问题是这个讨厌的老女人临走之前说了一句要命的话："这鸟最好赶紧丢掉，不然你家会有更多人生病。"父亲本来就看不惯这只鸟儿，现在听到这句话后，好像拿到了一把尚方宝剑。现在这把尚方宝剑眼看就要将我手里的鸟劈死，我说什么都不会束手待毙。但我一个小孩人微言轻，父亲又怎会听我的话。所以，我很快就举手投降了。

就在这时，我看到了父亲拿回来的那些鞋子，父亲同意我可以任选一双合脚的穿上，然后让我能走多远就把这只鸟丢多远。

我穿上新鞋后，抱着这只乌鸦不舍地离开了家，看到家家户户都沉浸在一片安详幸福之中，我的眼眶瞬间湿润了。我第一次抬头望着天空，近似无限透明的蓝，犹在镜中出现的面孔，又像挂在枝头的鸟巢，很快，蓝天中浮现出幽灵，湿漉漉，黑黝黝，宛如挂在屋檐下的衣裳，又如掠过稻田上空的老鹰。

我来不及多想，乌鸦又在聒噪起来，它以为我带着它又去野外捉虫。它不知道，野外让它欣喜的乐园此刻正变成了葬送它的坟墓。田埂上最后一朵未被风吹散的蒲公英，在它的眼里也即将会变成送葬的白幡。此刻我才知道自己有多么无助，如果我哪怕有一个好朋友，我都会将这只鸟托付给对方，让他帮我养几天，等我父亲消气后再接它回来。可是，我这个傻子没有一个朋友，虽然村庄有许多和我同龄的小孩，但这些小孩都像那些大人一样，个个都说我傻子。就连姐姐，也不爱和她的弟弟玩，一有空就和那些小孩聚在一起叽叽喳喳，不是去山上摘野果，就是去溪里戏水。

看来除了丢掉它，没有别的办法了。我经过路边的茅厕，有人在里面屙屎，即使关上了木门，还是能听见从里面传来的吃力声。这些人都是村里上了年纪的老人，一天之中最重要，也最困难的事便是拉屎。他们会在未有便意之前就蹲在茅厕里，怕便意来后，自己来不及走到茅厕就把屎尿拉到裤裆，捂着变大不少的裤裆颤颤悠悠地去上茅厕的样子会让人笑话。他们先早早地在茅厕蹲下，把裤子褪到脚踝处，然后双手扶着木门，将脸憋得铁青，那些声音就从紧绷的口眼耳鼻里分别渗出来，传进我的耳朵。

硬粪就这样时有时无地降落到坑底，激起的粪水常溅湿蹲坑人的屁股。所以老人蹲坑一般要带更多的纸，这样才能在揩净两片屁股后，还有纸擦中间的出粪口。那天，蹲坑的老人发现激起的粪水比以往更多，不仅溅湿了屁股，还溅了自己一脸，于是就将头埋到双腿中往下看，这一看差点让他整个人都掉进粪坑，原来自己拉出了一只鸟儿，正在粪水里扑棱着翅膀，带起的粪水将这个老人刚换的新衣都弄脏了。

正在我停下来聆听时，这只乌鸦不由分说跳进了茅厕，然后伸出那个好奇的脑袋往粪坑里张望，看到扑通扑通的粪便，以为是野外蠕动的虫子，二话不说就跳了下去，没想到等待它的是一个陷阱。它吓坏了，在陷阱里扑棱着翅膀让蹲坑人也吓坏了。老人连屁股都没来得及擦就夺门而出，一路跑一路大喊着见鬼了。很多人都以为这个老人的年纪实在太大了，在这个喜庆的日子里居然说见到了鬼，真是越老越糊涂。

"急什么？"有人说，"迟早有一天你也会变成鬼。"

我见老人跑后，赶紧冲进茅厕，但却没见到那只鸟儿，想来它已经葬身粪坑了。于是我大松一口气，原路返回，走了几步，有个女人抱着一个没穿鞋的小孩将我叫住了。我看着这个女人满脸怒气，那个小孩也不停地用手指我脚下。我以为他的东西掉了，就低头去看，没在地上看到什么，正准备继续走，女人发话了。这个胖女人竟让我脱下鞋子还给她儿子，我不从，挣脱对方拉住我的手，从她的裤裆里钻了过去，然后跑回了家。

父亲见我这么快就回来了，感到很满意，此时午饭也已经做好了，父亲叫我赶紧坐好。这时，那个胖女人和许多人来到了我家门前，一群人没进来，站在屋檐下正在商量着什么。父亲听到门外有动静，端起饭碗出门看，看到了这群窃窃私语的人，笑着让他们进来一起吃。这些人谢过了父亲的好意，一直看着他脚上穿的鞋，父亲被看得心里发毛，也低头去看自己穿的新鞋。

这时有个男人说话了，他告诉父亲："你穿的鞋是我的。"

有个小孩也说话了，他告诉父亲："你儿子穿的鞋是我的。"

有个女孩也说话了，她告诉父亲："你女儿穿的鞋是我的。"

有个女人也说话了，她告诉父亲："你老婆穿的鞋是我的。"

父亲没想到大过年的这么多人上门讨鞋穿，感到很好笑，就把在客厅里吃饭的儿子、女儿老婆叫出来，让他们这些人睁开眼看看，自己家人穿的鞋到底是谁的。这些人看到了我家人脚上穿的鞋后都说："没错，确实是我们的。"

父亲一听，面子上有点挂不住，要这些不识相的人拿出证据。这些人拿不出证据，他们买鞋的凭证连鞋盒都掉在了那个烟雾弥漫的路上，除了鞋子已经被人捡走了，鞋盒和鞋盒里的凭证也被人当成垃圾扫到了溪里。这些人都是刚回乡过年的准城里人，凡事都讲究一个证据，现在见自己拿不出证据，一个个都没了来时的底气，纷纷把头低下去。他们在低头的同时也在用低垂的脑袋思考着，会不会这家人刚好也买了和他们同种牌子的鞋。

此时我也说话了，我对那个小孩说："我的鞋子不是你的。"

姐姐也对那个女孩说："我的鞋子不是你的。"

母亲也对那个女人说："我的鞋子也不是你的。"

父亲待家人说话后，对那个男人说："我的鞋加上我家人的鞋都是我自己买的。"

这一家人终于不再说话，一个个赤脚离开我家。没想到打发了这群人，却祸起萧墙。爷爷见我们都有新鞋，只有他一个人没有，以为父亲故意不给他买，又在生气，然后见自己生的气在这个家里没一点分量，起码和昨天那股怒气没法相比，就想起了正在饭桌上跟族长交头接耳的奶奶。奶奶不知道发生了什么事，以为门外那些人是来拜年的，看到男人一脸委屈地看着自己，又以为前几年上门找他算账的那群人又来了。这触及了爷爷不光彩的一桩往事。

爷爷年轻时恰逢一个打破一切禁忌的疯狂年代。年轻的爷爷也满脑子革新除旧的思想，伙同村里的几个同龄人，每天都去别人家卸门槛，抄旧物。爷爷机智异常，总能把别人藏在门槛底下的书籍字画一张不落地找出来，然后丢到火海里焚烧一空；爷爷胆大包天，总是第一个将那些老人绑缚双手押到县里游街示众。那是爷爷最风光的时候，别人见到他都不敢跟他说话，对他的不满也只敢在四下无人时偷偷发泄出来。爷爷原以为他会一辈子都这么风光，没想到几年后，风向大变，已经不流行动武这一套了，害得只会动手动脚的爷爷每天夜里都在怀念几年前的光辉岁月，此外，那些曾经被爷爷迫害过的人也集体上门找爷爷算账。

爷爷吓坏了，好在家里没有字画书籍供人查抄，所以他抱着死猪不怕开水烫的架势，任凭上门的人怎么声讨，他就是一动不动，要是也给他剃个阴阳头，他倒巴不得，因为他的头发从年轻时候就不长了，剃光了无疑好事一件。人们见他软硬不吃，言辞中还似乎对自己当年的不齿行径颇为自豪，一个个都无功而返。当我父亲入赘倪家后，这些人要父债子还，纷纷冲着我父亲讨要说法。我父亲得知这桩陈年旧事后，迫不得已只好给这个还没叫上几句的爹擦屁股：不仅跟这些人致歉，还拿钱补偿他们。这才让这些人从此没再找上门，也让我的爷爷从此成了村里最不受欢迎的人。

奶奶对此印象深刻，在她男人去抄别人家时，好几次都劝他别冲动，但爷爷对奶奶的话从来没放在心上，有时候晚上睡觉也不安歇，数着手指数还有多少符合抄家的家庭没抄，等到天一大亮，赶紧从床上跳起，直奔那些以为可以幸免的可怜人家。在爷爷被集体声讨的时候，奶奶好几次让他当众跟那些人道歉，但爷爷依旧把奶奶的话当放屁，夜里睡觉时都不得安生，脑海里想着自己得罪过多少户人家，等天还没亮，赶紧从床上爬起，趁别人没到之前赶紧去别地儿躲一躲。

奶奶见到屋檐下乌泱泱都是人，很害怕，这种情景让她想起了乌鸦遮蔽稻田时的暗无天日。她没想到，不仅乌鸦可以遮蔽天日，人也可以让日光黯然失色。家门口的阳光每天被人群遮住，她想了很多办法都没能重见天日，好在倪云洲的到来让这一切有了好转的迹象。所以，在奶奶不生气的时候，她其实很感激我的父亲。奶奶见这回在男人脸上看到的不是同样的惊恐之状，终于确信那些人真的不会再上门了。爷爷见奶奶还是没能理解自己的意思，终于悲哀地发现，自己的话也会有一天被自己的老婆当成屁。

爷爷急了。他去房里拿了一张纸和一根笔，在纸上画了一双鞋子，然后让奶奶去看他脚上穿的那双露脚趾的旧鞋。在那个躲避仇人的恓惶岁月，爷爷就靠纸和奶奶交流，他害怕自己说的话被堵在门外的那些人听见，最后从那个经常给奶奶书写待买货物的老人身上得到了灵感，想出这个与枕边人交流却不会被识破的好办法。

奶奶现在虽然依旧不识字，加上耳朵又聋了，但还是能像以前那样，见到画就能第一时间知晓爷爷的心思。所以她在见到爷爷画的这双鞋后，就知道自己的男人没鞋穿了，负责买鞋的父亲将爷爷的鞋忘买了，等看到父亲和他的子女脚上都穿了新鞋后，奶奶终于确信，自己还没死，男人就提前被遗忘了。奶奶眼含热泪，想把自己的鞋脱下来给爷爷穿上，被爷爷阻止了。看爷爷的意思，他是要父亲脚上的那双鞋。于是奶奶让父亲赶紧把鞋子脱下来，父亲听后，很不情愿，脱的时候不断地在默想，一定不合脚，一定不合脚。

等到爷爷穿上后，父亲发现很合脚，就像给这老不死的量身定做的一样。于是父亲光着脚去找家里的旧鞋穿，这才想起他的旧鞋已经扔在了路上。没办法，父亲只好学着母亲以往吃饭时那样端碗离桌去串门，父亲没有闲心去串门，而是去路上看看自己的破鞋还在不在。父亲将饭盛满，然后把菜添得高高的，在出门之前，还夹了几块肉鼓胀腮帮子，然后一边嚼一边扒着饭走到路边。走到一半时，在垃圾桶边看到一个翻垃圾的人，定睛一看，发现是刚回家没几天的小叔。

小叔左手拿着一张破碗，右手拿着两根树枝，将垃圾桶里的剩饭剩菜夹到碗里，然后仔细剔除饭菜中的异物，等到剩饭垒高了破碗，就用自己那身已经弄脏了的西服擦树枝，然后坐在那棵老槐树下旁若无人地吃起来。小叔吃一口，就从嘴里掏出一粒沙子，他不敢嚼得过快，怕沙子磕坏牙，这碗饭他吃了个把小时才

吃完，吃完后用衣袖擦擦嘴，把破碗放到老槐树下，将树枝丢到
垃圾桶里，看到不远处有人走来，迎上去拱手道："新年好，恭
喜发财。"

船灯

这个人没搭理他。他是村里新一代的大学生，名叫吴大刚，是吴小刚的哥哥。吴大刚行色匆匆，没有看到跟他拜年的小叔，他在别人都拜完年后才走出大门，中午才出门的吴大刚不是去给别人拜年，而是去找自己的母亲。

吴大刚的母亲今年刚加入船灯队，是队里年纪最大腰身却最软的成员。每年的大年初一，村里都会举行船灯活动。在这个远离海洋的内陆村庄，一直流传着海洋的传说，大家把对海洋的憧憬都寄托在了船灯活动中。所谓船灯活动，是指把村庄当成海洋，把家家户户当成船舶停靠的岛屿，只要船灯在哪家停留，说明哪家混得最好，一般有钱人家才会花钱请船灯庆贺新春。船灯队一般由两男五女组成，两个男的负责抬船的两头，把走动中的地面当成水流，一个女的坐在船中心，拿着一根船桨划船，一个女的在船前拉二胡，其他两个女的一个跳舞，一个唱歌。

船头是一颗纸糊的龙头，两只龙眼由电灯泡组成。当船"游动"起来后，这两个电灯泡就会照亮一大片幽暗的夜色，很多人就会循着亮光来到现场。船灯队员见来人都差不多坐满后，两个男的就会抬起船绕圈摇，船中心的女人就会奋力划桨，虽然大家都能看到她的脚也在地上"挖芋头"（脚尖踩着脚跟），但一般都会把注意力放在她手上的那根桨上。然后拉二胡的女人就会拉出一曲喜庆的调子，负责唱歌的女人适时跟上节拍。

但今年，大家的注意力都放在了那个跳舞的女人身上。这个女人是刚加入船灯队的，腰身比年轻姑娘还柔韧。当吴大刚在一户人家门口看到正为晚上的船灯活动彩排的母亲后，当场拉下了脸。自吴母加入船灯队后，意外发现了生活的乐趣。她一直以为自己的人生到如今就算到头了，接下来的日子不是依旧去种田，就是提早做好当奶奶的准备。本来她也觉得这样的生活没什么不好，直到在电视上看到比她年纪还大的女人在载歌载舞后，她埋藏在心里的舞蹈梦才渐渐苏醒。在儿子上大学之前，她一直不敢跟家人提这件事，在儿子终于考上大学后，她才付诸行动。

　　第一个出来反对的便是她的丈夫，这婆娘一大把年纪了还扭腰晃屁股，也不嫌丢人。在丈夫的眼里，不管哪个年纪的女人，只要在公开场合卖弄自己的身子，不是在勾引男人，就是在等着男人上钩。他把唱歌跳舞的女人都当成一条鱼，被喜欢偷腥的男人吃掉是迟早的事。她刚开始据理力争，最后发现男人固执己见，终于不再解释，偷偷跑去船灯队报名。

　　船灯队那个负责抬船头的男队长刚开始见她年纪有点大，死活不同意，她不想放弃这个机会，当场把从电视里学到的舞蹈跳了一遍。看到对方的舞姿比现在那个负责跳舞的年轻女生还好后，男队长当场决定让她加入船灯队。当通知书寄到家里后，吴大刚的父亲才知道这臭婆娘竟背着自己真加入了"卖屁股"的行列，气得当场要和她离婚。吴母却不怕，她早就和这个只会家里横的孬种没有多少感情可言了，离婚就离婚，这样她就可以义无反顾地去拥抱新生活。见老婆软硬不吃，丈夫就想再次动上以往只在醉酒后才会动上的拳脚，教训这个娘儿们。但把这不要脸的贱货的脸都给揍肿了，对方还是没有服软，死活都要去船灯队扭屁股，这让吴父有点怕了，于是又好言相劝，让她看在他一个男人的面子上别去跳舞。

"要跳也得等我死后再跳。"他说。

这孬种别的本事没有，身体却比谁都棒，等他死，自己不也快进棺材了？不行，一定要现在。吴母主意打定，强硬否决了丈夫的建议。看到婆娘每日去船灯队训练，这位名叫吴钢铁的男人身子再也硬不起来了。在他婆娘把自己的身子扭成一根麻花的时候，他由于气急败坏又束手无策也把自己喝成了一摊烂泥。本来想在婆娘晚上回家后给她点颜色瞧瞧，没想到这娘儿们居然好几天夜不归宿，醉酒摸到船灯队看，发现那个男队长正在指导自己的老婆跳舞。

看到有别的男人染指自己的老婆，吴钢铁怒火中烧，冲进去二话不说就给了男队长一拳。男队长一看，原来是这个没用的男人，擦擦嘴角流出的血，看了一眼吴母，强忍住了自己的火暴脾气。吴钢铁骂骂咧咧地将自己的婆娘拽走后，队长让别的队员该干吗还干吗，别像没见过世面的乡巴佬，不就是夫妻不和，有什么好瞧的。船灯活动举行在即，这回是村里的大老板主动出钱请他们，还不抓紧时间训练，不然到时出了错，不仅赚不到钱，还会失了主人家的脸面。队员见队长发话了，这才缩回一颗颗好奇的脑袋，拉二胡的继续拉二胡，唱歌的继续唱歌。

　　吴钢铁把老婆拖到床头，捂住被褥打了几拳，吴母挣脱被子，一把掐住丈夫的脖子。在吴钢铁快要窒息身亡时，电话响了。吴母松手去接电话，是大儿子从大学打来的。吴母寒暄了几句，将电话拿给了丈夫。吴大刚在电话里听到父亲的声音有些不对，忙问怎么回事，吴父瞅了一眼婆娘，酒醒了大半，答道最近有点感冒，没事。说了半天车轱辘话，吴大刚才在临近挂电话前告诉父亲自己没生活费了。吴父挂掉电话后，对着窘迫的家境直挠头。这时吴母走上前，安慰道："等在船灯队跳舞赚了钱就马上给儿子寄去。"

　　"放屁，离过年还有个把月，你想让我儿子饿死？"吴父骂道。

　　吴母没有办法，只好先去找队长预支点。把预支的钱打给儿子时，经不住吴大刚的再三追问，吴母终于告诉儿子自己在船灯队跳舞。儿子一听，在电话那头发了脾气。吴大刚虽然是大学生但跟他那个没上过一天学的父亲却想到一块去了，认为麻烦都是从女人抛头露面开始出现的。吴母一听，只好用假话哄骗儿子，她不跳了。儿子一听，这才嘻嘻一笑，挂掉电话。吴母在电话里隐约听到有人跟儿子说话："有钱了吧，赶紧请客。"在儿子挂掉电话后，吴母还握着不断传来忙音的话筒出神，然后将话筒撂下，转身又去了船灯队。

吴父虽然对老婆不好，但把儿子当成了宝。在儿子索要生活费后，他趁着农闲，去县里的工地上搬砖。从那以后，老婆在村里跳舞，老公就在县里干活。临近过年的那天，正在跳舞的吴母得到一个噩耗，她的老公被工地上掉下来的砖砸死了。在电话里听到这个坏消息的吴大刚，最先问的不是父亲怎么死的，而是问父亲死后以后谁给他出学费。吴母一听，刚止住的眼泪又流了出来，然后把村里老人的话说给儿子听："要是你有女朋友就今年带回来结婚，正好可以冲冲喜。"

"家里哪有钱给我结婚？"儿子问。

"县里给家里拨了笔赔偿金。"吴母说。

村庄举办红白喜事都要看皇历。本来在过年前死了人是一件非常不祥的坏事，但要是后代能在人死后不久马上结婚，说不定就能把坏事变成好事。受过高等教育的吴大刚经不住母亲的念叨，终于同意了这个提议，真的在过年前十五天将女朋友领回家了。所以，很多人看到吴家刚贴上的白对联还没白几天，就换上了红对联。儿子回来结婚后，吴母没敢去船灯队跳舞，只有在大年初一那天，待在家里的吴大刚才在上门拜年的人口中知道这件事。

吴大刚来到现场后发现母亲真的在搔首弄姿，气坏了。这时很多拜完年，吃完午饭的人都坐在了这个大老板的院子里，大老板正在给大家发糖果，并告诉大伙，船灯活动会一连举行七天，希望大家多多捧场。说完这话后，这个西装革履的大老板看到了吴大刚这个大学生，忙请他落座。

吴大刚一看到这纸糊的船就笑了，本来他以为这种喜庆活动即便比不上城里的舞狮队，也能和大学里举办的歌唱比赛比个高低。没想到，只有一个破船和四个岁数加起来有几百岁的乡巴佬。看这破船，不要说在海洋里驰骋了，丢到溪里可能都驶不稳，看这四个自诩从事文艺活动的文化人，穿红挂绿像什么样子，倒像拿锄头的农民。吴大刚是个眼光苛刻的人，这话是指他对不是自己的东西一概抱着鸡蛋里挑骨头的态度，而对自己的东西即使再差也当成宝贝，所以他在心里嘲讽船灯队队员时并未算上自个儿的妈。就像当他还未考取那所临近海边的大学之前，一直以为海会像在书上看到的一样：春江潮水连海平，海上明月共潮生。当真的亲眼看到海后，才发现所谓的海其实是一件别人丢弃的脏衣服。

况且即使真正的海如此不堪，真正的船也没有自己想象中的庞大，也比眼前的破船威武多了。嫌弃完了船和船灯队队员，吴大刚又取笑起了响起的二胡声，操，这也算拉二胡？锯床腿的声音也比这好听一百倍。这时，吴大刚在心里怀念起了他平生仅听过一回的二胡名曲《二泉映月》。阿炳即使是瞎子，也比眼前这个婆娘强多了。看来有的人就算有眼睛也和瞎子没区别，而有的人即使失明，心里也跟个明镜似的。吴大刚站起来环顾一圈后发出一句喟叹："全村都是瞎子，不，全村都他妈是聋子。"

然后又坐下，吃起了大老板发给他的糖果。这时歌声也响起来了，一听到歌声，吴大刚立马啐掉嘴里的糖果，但这回他没取笑唱歌人的歌喉，而是对那些歌词百般挑剔起来。吴大刚五音不全，并不懂歌声的好坏，而是仗着自己会写几首破诗，当众挖苦起了那些完全没有押韵的歌词。

船灯的歌词没有什么特别，无非是歌颂政策，向往幸福生活的老调重弹。这些歌词无不让人民群众喜闻乐见，但却不入大学生吴大刚的法眼。吴大刚甚至想当场将这些歌词换成自己的诗，然而想到当前人民日益增长的物质文化需求和落后的生产力之间的主要矛盾尚未解决，这些乡巴佬也理解不了自己诗歌里深刻的含义，所以吴大刚不得不忍痛放弃更换歌词的打算。除了在口头不断地嘲讽，这个大学生什么都做不了，没想到都被我父亲听见了。

父亲在吴大刚嘲讽船灯队的时候没有说话，在吴大刚嘲讽二胡声的时候父亲还是没有说话，在对方这回又无故嘲讽起了歌词后，父亲终于说话了。父亲说话的原因不是认为这些歌词写得有多好，在他这个读过高中的人眼里，这些歌词确实没什么水平，和打油诗没什么区别，父亲说话的原因是这些歌词是他的语文老师写的。父亲看到老师发表在副刊上的那几首诗后，觉得充分且突出地描绘出了当前人民群众的迫切需要，所以不打招呼就把这几首诗裁剪出来，拿到船灯队让队长重组润色一番后，变成了现在船灯活动的新歌词。而且，本来船灯活动也不叫这个名，而是叫"敲锣打鼓迎新春"，队长嫌原来的名字烦琐又没新意，就私自借用了父亲的老师《船灯词》这首诗的题目，改成"船灯"。

语文老师在《船灯词》中深情回顾了自己的知青岁月，并将这段岁月比作被船灯照亮的新生活。当他返城后，每天夜里都能听到海面的航船鸣笛声，披衣从床上爬起，看到雾色朦胧处，影影绰绰的灯光从海面照射而来，瞬间觉得自己的家乡虽然就在眼前的海边，但挂在心头的那个山区才是他内心深处真正的故乡。

这些心路历程父亲是在副刊上老师写的创作谈中看到的。那个时候，父亲每天都会买一份报纸，不是为了洞悉老师的内心变化，而是希望老师能在诗里面提到他这个已经数十年未见、曾经共抽一根烟的学生。

父亲买过好几年的报纸，都没看到老师提过他一笔，终于明白过来，老师虽然在诗里用一种游子的口吻怀念此地，但要让他重新回到这里生活一段时间，想必不太可能。而且老师怀念的是一个美化的乌托邦，不是真正的山村，就像后人能从陶潜的诗中感受到田园生活的乐趣，但要让后人真的"荷月带锄归"无疑痴人说梦。当父亲真正明白这个道理后，终于不再进城买报纸，并将那些旧报纸付之一炬。看着升起的火苗，父亲将自己这辈子最美好的那段岁月也随着火光一起消失在这个束缚着他的乡村。从那以后，父亲再也没了除种地之外的其他奢念。没想到今天在这个口无遮拦的大学生身上，父亲又想起了远在外地的语文老师。

为了捍卫老师在自己心里的崇高形象，父亲推搡了吴大刚一把。就是这个动作让当下大学生的短处暴露无遗。吴大刚只会逞口舌之快，真要真刀真枪地干一架，立马变成一只缩头乌龟。所以吴大刚被我父亲推了一把后，并没有像父亲预料中的那样和自

己交手，而是嘴里骂骂咧咧，身子却越缩越远。父亲哪会放过这
个好机会，本来他在路上没找回自己的鞋子就憋了一肚子气，正
愁没地儿撒，没想到这个不长眼的哪不好撞，偏往自己枪口上撞，
光脚的岂会怕穿鞋的，于是父亲一把将对方拉到眼前，一句话都
没说就给对方脸上来了一拳，这一拳打得吴大刚有些踉跄，待对
方还未站稳，父亲又挥上一拳。两拳下去，吴大刚已经无法看清
眼前之物了，父亲本想再揍一拳，补足三拳，看到对方流了一脸
血，有些后怕，于是从地上捡起别人用过的纸巾，将对方脸上的
血抹去。

　　吴大刚脸上的血抹去后，终于能看清眼前的东西了，他看到
自己的妈挥着胳膊扭着腰，好像正为自己此刻的落难喝彩。但他
并不生气，他这人一向秉承着君子报仇十年不晚的宗旨，迟早有
一天他会把今天失去的东西找补回来。不得不说，吴大刚此念非
常符合他所受的教育，他读了十几年的书，本本书里都写着这种
"事前忍气吞声，事后扬眉吐气"的例子，而且，他甚至还巴不
得被多揍几下。没想到吴大刚将吃亏当成了一笔买卖：今天吃多
大的亏，明天就能占多大的便宜。

　　为了让我父亲的拳头继续往自己脸上招呼，吴大刚并未求

饶，而是继续开口谩骂。他以为我的父亲是对他嘲讽村里的船灯队而大打出手，所以他这次对那个破船、那几个乡巴佬加大了剂量，不是说这个破船像烧给死人的纸船，就是说这几个队员像送殡的队伍。吴大刚这是把他死去的老子也捎带给得罪了，他老子死后，在送殡途中不仅烧了纸船，还烧了纸汽车，纸电视。那几个送殡的人虽然和船灯队员的穿着有些相似，但可没有披红挂绿，而是披麻戴孝。这要是让他那个跳舞的妈听见了，一定会撕破儿子的嘴。见我父亲毫无反应，吴大刚又嘲讽起了这个大老板："不就是有几个破钱嘛，有什么了不起，到时生意赔了都没地哭去。"毕竟这个大老板也姓倪，和我家沾亲带故，所以吴大刚误以为自己的指桑骂槐能伤害到我父亲，没想到我爹还是抱着胳膊看着他，脸上没有一点怒气。

吴大刚把口水都快耗尽了，见对方一棍子戳不出一个屁，自觉无趣，准备离开此地。离开的时候无意间骂了一句："操，什么破歌词。"就是最后这句脏话，再次激怒了我父亲。父亲踢了吴大刚一脚，在他背上留下一个脚印。这一脚踢的有点重，让吴大刚没把握以后能否占回同等重量的便宜，所以他见好就收，一阵风似的逃离了此地，边跑边回头骂。见我父亲好像要冲上来，吴大刚这才暂时饶了对方，回头专心逃命。

吴大刚逃命的过程中又遇到了小叔。小叔吃完饭后，听见了不远处有歌声，就踩着拍子，往歌声处走去，见到慌不择路的吴大刚后，很好奇，刚想开口问，就看到对方在自己面前停下了脚步，然后正正衣领，背着手装作看风景的样子从容走过。小叔嘴里那句"恭喜发财"还未说出口，吴大刚立马不见了。

小叔感叹道："年轻人真是生龙活虎。"

感叹完，小叔继续往前走。他今天除了吃午饭那会儿，整天都在行走，从早上走到现在的下午。他的心情也从早上的愉悦变成现在的忧愁。早上他揣着一兜红包高高兴兴地从床上起来，以为早饭还会像昨晚的年夜饭一样丰盛，没想到看到的却是清锅冷灶，以为是哥忘了做饭，看到侄子侄女在客厅看电视，就去问是不是还没到吃早饭的时候。

"我爸说了吃饭你自己解决。"侄子说。

"我妈说了家里不知道你要回来就没留你的饭菜。"侄女说。

听到这话后，小叔没生气，也不担心，只是有些不划算，昨天塞给侄子侄女的红包没想到只够吃一顿的，好在现在自己兜里还有十五个红包，把这些红包发给别家小孩，一定能换来好几顿饱饭。想到这，小叔牙都没来得及刷就走出了他哥的大门，看到整个村庄一片雾蒙蒙，这才一拍大腿，骂道，早知道烟雾大得连奶子都瞅不清，就不穿这身新西装了。但他不想回去换，不想再看侄子侄女那两张臭脸，于是继续往前走，没想到还没走几步，就被撞了。等来到第一个小孩的家里，一摸兜，发现红包不见了，只好暂时离开这个伸手讨要红包的小孩，返回去找。终于在路上找回那十五个红包，发现这个小孩还站在自家门前等待他的再次光临，便从兜里夹出一张红包给他，小孩双眼放光，终于说出那句憋了许久的吉祥话："新年好。"小叔很高兴，摸摸对方的头，马上去下一家。

等到中午的时候，小叔把身上的十五个红包都发出去了，摸了摸肚子，觉得第一个红包是时候收获了，就再去第一个小孩家里。隔老远就看见烟囱冒烟了，便加快了步伐，来到对方门口时，刚想打声招呼，就看到那个小孩的父母脸色不对，还不咸不淡地从鼻子里哼了一声，算是回应小叔的问候。小叔见对方没有招呼自己的意思，感到很奇怪，怎么刚发出的钱这么快就贬值了，这钱就算丢到水里还能听个响吧。小叔站在门口停了一会儿，看到那个小孩，提醒道："村里的店里进了很多新玩具，赶紧去买。"

他以为这句话能让这家刻薄寡恩的父母记起自己刚发出的红包，没想到适得其反，小孩的父母听到这话后，把门关上了。

小叔尴尬地笑了笑，继续前往下家，没想到下家还是一样，最后把余下的那些家庭重新一一拜访完后，还是没有找到吃饭的去处。这时小叔真的急了，他的肚子也急了，只好摸着饿瘪的肚子整村漫无目的地闲逛，直到瞧见我家门口那棵老槐树，红愁绿惨的小叔才重现那张面黄肌瘦的笑脸。

当小叔来到船灯活动现场时，我的家人皆已坐好。他的个子太小了，看不到精彩的船灯，即使踮起了脚尖，还是只能看见别人黑压压的后脑勺。好在他看不见能听见，所以他不再试图踮脚，而是蹲在地上仔细听起了二胡声和歌声。我的奶奶刚好和小叔相反，听不见却能看见。奶奶看着这出无声的船灯戏，当场解说起来。以往她的耳朵还未聋时，看电视之时经常当着我和姐姐的面解说电视剧情。她不认字也听不懂普通话，所以她的解说常常与真正的剧情风马牛不相及：看到一对年龄悬殊的母子，非说这两人有不可告人的奸情，看到一把锋利的刀刃，总要感叹拿来切肉肯定比砍头好……

我和姐姐每次都憋一肚子气，电视也看不好，让奶奶闭嘴，她也不听，还说她吃过的盐比我们吃过的饭还多，听她的总归不会错。孙子孙女对她的解说不屑一顾，没想到现在小叔这个与奶奶相隔两服的同宗却与她站在了同一阵线。耳聋的奶奶坐在人群里，听不到一点声音，很着急，大喊着让别人告诉她歌里唱的什么，但没有一个人搭理她。小叔蹲在人群后，看不到，也很着急，拽着别人的裤脚告诉他演的是什么，但也没一个人搭理他。当小叔听到我奶奶的央求时，他急中生智，钻过人群的裤裆，爬到奶奶的面前，把自己听来的当众给奶奶用手比画。小叔曾在外地和一个哑女好过，所以对手语略知一二，只不过后来当哑女的眼睛也看不到后，小叔才忍痛抛弃了对方。小叔把男女双方是否有共同语言居于首位，所以在女友失明后，小叔不得不放弃这段有缘无分的爱情。

手语是聋子独特的图腾，更何况奶奶从小就对手语了如指掌，所以她很快对小叔的意思心领神会。此时小叔好像忘记他不需要依靠奶奶的解说也能看到船灯戏，还在不停地摆动着手势让我奶奶加深印象，而我奶奶也在用自己看到的画面告诉小叔船灯戏的进度。奇怪的是，竟然没有出现鸡同鸭讲，对牛弹琴的尴尬场面。当小叔在摆弄手势时，吴大刚的母亲在摆弄着屁股。这一幕让族

长倪乾南更加窝火，老族长很早就听说这个同姓的大老板要竞选
下届的村长一职，本来谁当村长老族长从来不在乎，因为只要自
己还是倪姓族长，不管谁当村长，权力都不会大过自己（倪姓比
异姓多）。但大老板竞选就不一样了，村里可能会首次出现一个
姓倪的村长，这无疑会威胁自己在倪姓一族的地位。现在又看到
这个婆娘在自己面前卖弄风骚，所以倪乾南当众发火了："妈的，
扭屁股的戏不看也罢。"幸好大老板好言安抚才没让族长的怒火
蔓延开去。

　　安抚好老族长，我又不老实了。我非常不满意今年的春节，
不仅没收到多少红包，还把那只心爱的乌鸦给丢到了茅厕，要是
收到了足够的红包，或许我可以买玩具弥补丢鸟的遗憾，但现在
钱鸟皆失，这个春节我什么都没捞到。而且，以往那些小伙伴也
不愿意和我玩了，说什么我没读过什么书，没资格跟他们玩。我
气坏了，只好发挥自己的想象力，捏造这些小王八蛋的丢人事迹，
把他们出乖露丑的经历挨个在脑海里过一遍，并把自己的丢人事
迹也添到他们头上。想起那幕电鱼的经历时，我差点笑死过去，
尤其吴小刚在水里差点被淹死后，我更是乐不可支……在心里让
这些小兔崽子统统丢一遍脸后，我腾出手来专门对付我的姐姐。

　　我的姐姐一直强调她长大后一定要追求自由恋爱，而她追求自由恋爱的基础则是优秀的学业。那好，我偏把她说成上不了学、经常遭受家人虐待的苦命女孩。无法上学，又不受父母待见的女孩，我看她长大后还怎么追求自由恋爱，到时只能像我奶奶一样，让媒人随便指定一个男人撮合。想到这，我看了一眼坐在我旁边的姐姐，她不知我心中所想，还一个劲儿地给我解释那些歌词里的含义，解析抬船的动作有什么象征意义。

　　姐姐十四岁了，很快就要读初中了，为了即将到来的初中生涯，她很早就做好了准备，经常去借已经中考完的学生的旧课本提前复习，但她没想到这一切都被她的亲弟弟亲手破坏了。还想读初中，天下哪有这么便宜的事，她在我脑海里一天是放牛娃，就会一辈子都是放牛娃。牛屁股她注定要闻一辈子。姐姐听到我的笑声后，以为我又在犯傻了，让我赶紧坐好，别动来动去的。没办法，我在现实生活中必须要听姐姐的，所以我很快将身子坐正，然后环顾旁边的家人一圈，不仅姐姐，父亲母亲，爷爷奶奶也未能幸免。谁让他们在过年前大动干戈，踩碎了我的叠星。

　　不过想到最后，我也知道不能完全捏造，必须要真假掺和才能让自己信服，将来说出去，也能让别人信服。只有真真假假，假假真真，才能真假难辨，才是生活的真相。所以我有时在三分真的基础上加上七分假，有时又在七分真中添上三分假。当然，我没有义务告诉别人哪些是真的，哪些是假的，既然人们连相同的一句话都会产生出不同的含义，又怎能苛求我必须完全忠实地描摹出现实生活。

人群此刻已经沸腾了，这一场在朗朗乾坤之下举行的船灯活动，在不同的眼里竟有如此不同的模样，有的人喜欢歌声，有的人喜欢抬船的动作，更多的人会喜欢扭动的腰身。而且由于观看角度的不同，也会得出不同的结论。更重要的是，在男人和女人眼里与在老人和小孩眼里，也全然不同，甚至在不同的动物眼里，更加有所不同。

而那些船灯队的队员，看到这群观众喜庆的面孔，心里也会泛起不同的涟漪。有的队员即使知道这种活动没什么意义，但看在钱的分上还是咬牙坚持；有的队员则觉得这种活动真能有效提升人民群众的幸福感，所以即使再累再苦，也毫无怨言；另外的队员可能只是单纯喜欢这种热闹的场面，场面热闹了，心里自然也就热闹了。

人群中爆发出一阵阵热烈的掌声，坐在前头的人甚至站起来往里丢糖果，后头的人见前面的人挡住了视线，心生不满，抽掉凳子，让前头的那些人一屁股坐在了地上，站起来后弄脏的屁股又让现场的呼声更响了。很快现场就出现了不和谐的一幕，吃亏的人找了很久都没找到肇事者，宁可错杀一百，也不放过一个，把所有坐在后头的人都扇了一巴掌。无故被打的人站起来与对方理论，双方很快扭打在一块，打得不可开交，任谁劝都没用。

打架场面真热闹，比船灯戏还精彩。我站起来拍手称快，并让姐姐别错过，赶紧看。姐姐却没理我，而是坐在位置上一动不动，脸色非常不好。我叫了几次，她还是没动，于是我用手去拉，但姐姐好像跟凳子长在一块了，怎么也拉不动。最后我使出吃奶的力气才将姐姐从凳子上拽起，姐姐好几次试图坐回去，发现凳子已被我踢倒，只好蹲在地上，捂着肚子一副痛不欲生的表情。我把凳子扶正，看到凳面上殷红一片，发出浓烈的血腥味，然后一脸惊恐地盯着姐姐。过了会儿，我大喊道：

"不好了，姐姐流血啦。"

坐在旁边的老族长见状，马上告诉我家人。父亲看着流血的姐姐手足无措，又不敢将她扶起来，最后还是我的母亲赶紧将女儿扶回家。姐姐满脸大汗，走得很慢，我看到她的屁股上沾了一片血迹，母亲脱下自己的衣服遮住了女儿的屁股。此时迎面而来的一个女人见到后，赶紧告诉母亲，她家有还未用完的卫生巾。这个女人是吴大刚的新婚妻子，婚后见经期迟迟没来，这才明白自己有孕在身，所以她事先准备的那些卫生巾就这样让我姐姐用上了。我不懂这些，就开口询问见多识广的族长。族长看了一眼即将万物复苏的村庄，笑道："真是傻子，说明你姐姐有当妈的资格了。"

"什么意思？"我问。

"就是说你姐姐已经是一个真正的女人了，"族长解释道，"你奶奶织的那双鞋终于能派上用场了。"

听到这话后，我很开心，没想到我这么快也要当舅舅了，如果姐姐的老公也是招赘来的，那么我岂不也能当叔叔了。于是我兴冲冲地跟在母亲身后，置身在这座沉浸在喜庆之中的村庄，沐浴着早春第一缕清风，听着耳边传来的淙淙溪流声，看着鸟儿在抽芽枝头忙碌筑巢的身影，一扫刚才的不快，立马像脱胎换骨般清爽。

我要在姐姐将来怀孕后，聆听她肚里的胎儿声，告诉这个小家伙你的母亲在春天成了一个真正的女人，你也会幸运地在春天降生。在小家伙出世之前，我会将每个季节的景物都告诉还沉睡在母胎中的他，我要让他还没诞生便能看见四季的色彩。若我有命名之权，我会给他取一个世上最动听的名字：

"春生"。

（完）

2017 年 3 月 8 日于北京

图书在版编目 (CIP) 数据

万物春生 / 林为攀著 . — 北京：北京十月文艺出
版社，2018.12
ISBN 978-7-5302-1799-3

Ⅰ.①万… Ⅱ.①林… Ⅲ.①长篇小说—中国—当代
Ⅳ.①I247.5

中国版本图书馆 CIP 数据核字 (2018) 第 046069 号

万物春生
WANWUCHUNSHENG

出	版	北京出版集团公司
		北京十月文艺出版社
地	址	北京北三环中路 6 号
邮	编	100120
网	址	www.bph.com.cn
发	行	新经典发行有限公司
		电话（010）68423599
经	销	新华书店
印	刷	三河市宏图印务有限公司
版	次	2018 年 12 月第 1 版
		2018 年 12 月第 1 次印刷
开	本	850 毫米 ×1168 毫米 1/32
印	张	8.75
字	数	100 千字
书	号	ISBN 978-7-5302-1799-3
定	价	36.00 元

质量监督电话 010-58572393